Patrick Salmen · Quichotte

Aufgeben ist keine Lösung. Außer bei Paketen.

111 Rätselgeschichten - Filme & Serien

Patrick Salmen · Quichotte

Aufgeben ist keine Lösung. Außer bei Paketen.

111 Rätselgeschichten - Filme & Serien

Lektora

Lektora, Paderborn

Zweite Auflage 2019

Lektora GmbH
Schildern 17–19
33098 Paderborn
Tel.: 05251 6886809
Fax: 05251 6886815
www.lektora-verlag.de

Druck: Standartu spaustuve, Vilnius
Cover: Olivier Kleine
Lektorat: Lektora GmbH
Satz: Lektora GmbH

Printed in Lithuania

ISBN: 978-3-95461-050-1

Lieber Filmfreund und Ratefuchs,

es freut uns, dass du dieses kleine Quizbüchlein nun in deinen Händen hältst. Bevor du aber nun mit dem Rätseln beginnst, wollen wir dir kurz das Prinzip des Spieles erklären.

Im Wesentlichen geht es um sprachliche Doppeldeutigkeiten. Die Leerstellen nach den einzelnen Geschichten gilt es sinngetreu auszufüllen. Zeitgleich bildet das Ende der Geschichte den Namen eines bekannten Kinofilms oder einer TV-Serie. Die gesuchte Lösung kann also zum Beispiel ein berühmter Serienhit aus den 70ern, ein Filmklassiker aus den 90ern oder ein aktueller Zeichentrickfilm sein. Ein gutes Allgemeinwissen rund um das Thema Kino sollte dir in diesem Buch zwar behilflich sein, ist jedoch keineswegs eine Grundvoraussetzung, um auf die Lösungen zu kommen.

Als kleine Hilfestellung sei dir die Silbenanzahl bereits mit auf den Weg gegeben. Die Antworten der Rätsel findest du am rechten unteren Rand der jeweils folgenden Seite. Die Rätsel sind nach Schwierigkeitsstufen von 1 bis 5 geordnet. Solltest du bereits bei Schwierigkeitsstufe 1 kläglich scheitern, so sei dir gesagt, dass die Metamorphose vom Wortspielfirlefanz zum Ratefuchs wahrlich ein schleichender Prozess ist.

Jegliche Rätsel-Antworten verzichten auf orthografische Richtigkeit, lupenreine Aussprache und grammatische Perfektion. Dialektale Ungereimtheiten basieren auf dem völlig verklärten Weltbild der beiden Verfasser. Und wie sagten die *Absoluten Beginner* so schön: „Ein Fuchs muss tun, was ein Fuchs tun muss." Viel Spaß bei deiner Reise in die Wortspielhölle.

PS: Und immer daran denken:

„Du kannst alles schaffen, wovon du träumst. Es sei denn, es ist zu schwierig.“ (Jonas Klee)

Patrick Salmen & Quichotte, August 2015

Beispiel I (Schwierigkeitsstufe I)

Eine ehemalige Landschaftsgärtnerin wurde aufgrund personeller Umstrukturierungen in einem Hotel zum Zimmermädchen umgeschult. Natürlich wird man jahrelang einstudierte Routinen nicht über Nacht los und so kam es öfter vor, dass sich die Gäste an der Rezeption über die Arbeitsweise der Angestellten beschwerten. Eine empörte Dame sprach: „Als hätte es nicht schon gereicht, dass die Frau letzte Woche mit dem Laubbläser das Badezimmer gesaugt und mit der Heckenschere den Teppich gestutzt hätte. Heute Morgen wollte diese Geisteskranke doch glatt das ____ ____.

Antwort: Batman – Bett mähen

Beispiel II (Schwierigkeitsstufe II)

„Immer diese Vorurteile! Mit diesen amerikanischen Jugendfilmen ist es doch immer das Gleiche", spricht der neunmalkluge Filmkritiker. „Grad wenn es um den Drogenkonsum in den multikulturellen Vierteln geht. Alle kiffen den ganzen Tag und am Ende ist nur ____ ____ ____ ____."

Antwort: Der weiße Hai – der Weiße high

Schwierigkeitsstufe I

1) Jutta und Heike unterhalten sich nach der Geburt ihrer Kinder über die passende Ernährung. Die etwas unbeholfene Jutta hatte zuvor des Öfteren versucht, ihr Neugeborenes mit schwer kaubaren Lebensmitteln wie Nackenkoteletts oder T-Bone-Steaks zu füttern, und wunderte sich dann stets, warum das Kind die Nahrung nicht runterschlucken konnte. Da sagte Heike: „Bist du des Wahnsinns fette Beute? Das weiß doch jedes Kind, dass Babys so etwas noch nicht essen sollten. Probiere es doch einfach mit Brei. Zum Beispiel ____."

2) Zwei Quallenkinder fristeten seit geraumer Zeit ein tristes Leben in Einsamkeit, hatten sie doch stets zurückgezogen gelebt und ihre sozialen Kontakte auf ein Minimum beschränkt. Nachdem die Quallenmutter ihnen jedoch einen Menschenkalender mit motivierenden Sprüchen und Zitaten schenkte, beschlossen sie, ihr Leben schlagartig zu verändern und sich gesellschaftlich mehr einzubinden. „Ich werde morgen den Wal besuchen.“ „Zum Clownfisch geht's noch heute Abend. Und du so?“ Da sprach der Bruder, der sich bereits auf den Weg machte: „Ich besuche den ____ ____.“

(Grease – Grieß)

3) Ein junger Familienvater saß mit seinen beiden tollpatschigen Söhnen am Strand und sah den Kindern zu, wie sie Sand nach Muscheln und Steinen untersuchten. Aufgrund ihrer Grobmotorik gelang es ihnen nicht, den Sand vorsichtig durch ihre Finger rinnen zu lassen. Alles war ein einziges Schlachtfeld. „Wir sind Goldgräber! Wir sind Goldgräber!“, schrien die beiden Kinder lautstark. „Ihr seid Pappnasen! Ihr seid Pappnasen!“, dachte der Vater. Langsam aber sicher konnte er das Elend nicht mehr mit ansehen. Da gab er ihnen schließlich ein kleines Utensil an die Hand und sagte: „Hier, nehmt das. Damit könnt ihr den Sand einfach ____ ____.“

(High Noon – Hai nun)

4) Zwei fundamentalistische Gotteskämpfer versuchten, sich beim Mittagessen gegenseitig zu konvertieren. Der Christ sprach: „Mein arabischer Bruder, komm auf unsere Seite. Kämpfe für Gott! Der Himmel wartet auf dich. Jesus wäre stolz auf dich.“ „Bist du bekloppt?“, sprach sein bärtiges Gegenüber. „Du weißt doch, dass ich ____ ____ ____.“

(Sieben – sieben)

5) Deutschland, 1997. Das gesamte Team von *Jeopardy!* macht einen Betriebsausflug ins Hochgebirge. Kurz vor dem Gipfel scheint jedoch der Moderator verschwunden zu sein. „Wo ist denn der Elstner?“, möchte der Regieassistent wissen. „Vorhin hab ich den mit einem Sieb am Fluss gesehen. Vielleicht sucht er wertvolle Mineralien“, schreit einer der Truppe: „Hah! Hier wird er nichts finden, der verhinderte Goldwäscher“, lacht der Aufnahmeleiter zynisch. „Nicht einmal Fische.“ „Ja, ja. Aber hat er nicht vorhin erst erzählt, dass er einen seiner Glückskiesel verloren hätte? Vielleicht sucht der ____ ____ ____.“

(Aladdin – Allah dieu,)

6) Hamburg, Reeperbahn. Als zwei betrunkene Lustmolche das Bordellviertel entlangschlenderten, fiel ihr Blick in das Schaufenster eines Freudenhauses. „Boah! Guck mal, die! Was für eine Granate. Mit der würde ich ja gerne mal ... na, du weißt schon.“ Auch sein Freund kam aus dem Schwärmen nicht mehr heraus. „Die ist fast schon zu hübsch, glaube ich. Ich verliebe mich ja auf der Stelle, wenn ich ____ ____ ____.“

(Frankenstein – Frank 'n Stein)

7) Zwei Nostalgiker unterhielten sich über die guten alten Zeiten und die damit verbundene deutsche Währung. „Es ist ein Jammer mit diesem Euro. Allein die Haptik! Bei den Münzen kann ich es ja noch verkraften, aber die gute alte 10-Mark-Note fehlt mir doch arg. Ich weiß, es klingt seltsam, aber mir wird zunehmend bewusst, dass ich emotional wirklich sehr an dem alten ___ ___.

(Die Vögel – die vögel.)

8) Der sonst so zurückhaltende und introvertierte Sänger einer bayerischen Band lässt, sobald er eine Bühne betritt, stets alle in ihm schlummernde Wildheit heraus und wird zur Rampensau. Meistens pflegt er im vertrauten Kreise zu sagen: „Jo mei. Im normalen Leben bin i eher schüchtern. Aber auf d'r Bühne bin i gonz wild. Da ____ ____."

(Shining – Schein hing)

9) Zwei Dachdecker sind sehr gut miteinander befreundet und lieben es, gemeinsam auf der Baustelle zu arbeiten. So können sie sich immer bei der Arbeit helfen, gegenseitig motivieren und sind zudem in guter Gesellschaft. Beginnt eine neue Woche, heißt es auf den Dächern der Stadt also wieder: „Komm, ich lege meine Schindeln heute hier. Und du ____ ____.“

(Rocky – rock i)

10) Aus der Reihe Klatsch und Tratsch: Während der Dreharbeiten an einer neuen Hollywood-Liebeskomödie wurden die beiden Hauptdarsteller Diaz und Stiller in der Kaffeepause vom Regisseur auf frischer Tat beim Sexualakt erwischt. Ein ungeschriebenes No-Go für den erfahrenen Filmemacher. Als er die Tür zur Kammer aufmachte, schien er die beiden mitten im Simultan-Orgasmus zu erwischen. Während Stiller sich als stiller Genießer entpuppte, schrie Diaz just in diesem Moment lautstark: ____! ____!“

(Dexter – deckst da)

11) Zwei jugendliche Skater düsen mit ihren Rollbrettern durch die Innenstadt. Als die beiden an einem Biergarten vorbeikommen, erblicken sie zwei hübsche Mädchen. „Wow! Schau mal, die Blonde. Was für ein Feger!“, sagt einer der beiden Jungs. „Komm, wir fahren mit unseren Rollbrettern so lange an ihrem Tisch vorbei, bis sie uns bemerken. Unsere coolen Boards werden sie bestimmt beeindrucken.“ Gesagt, getan. Nachdem die beiden Teenager allerdings nun schon seit einer halben Stunde immer wieder vergeblich an den Girls vorbeifuhren, war ihre Geduld schnell am Ende. „Sagt mal, bemerkt ihr uns nicht?“, fuhr Kevin enttäuscht eines der Mädchen an. Leicht arrogant erwiderte dieses: „Durch stupides Rumrollen imponiert man uns leider nicht. Habt ihr nicht mehr drauf? Na komm schon, zeig uns ____ ____.“

(Oben – Oh! Ben!)

12) Der Bauer ist verwirrt, da sich die Tiere auf dem Bauernhof in letzter Zeit bei ihrer Artikulation oftmals einiger Anleihen der menschlichen Jugendsprache bedienen. Erst kürzlich hörte er beim Streicheln der Katze ein zünftiges „Miau, Yolo!“ Beim Füttern des Hahnes wiederum vernahm er ein kurzes „Kikeriki, Alter.“ Die Kuh auf der Weide wiederum murmelte leise: ____, ____.“

(Matrix – ma, Tricks)

13) In der Musikschule ist dicke Luft. Die Ausbildung bei den Elitesängern scheint zu stagnieren, denn sie wollen sich einfach nicht weiterentwickeln. Also schlägt der Gesangslehrer eine neue Übung vor und verteilt Aufgaben: „Folgendes: Ihr werdet nun verschiedene Vokale in unterschiedlichen Stimmlagen singen. Diese Gruppe hier vorne trällert bitte Bariton-As. Und ihr hier hinten singt dafür ____ ____-____.

(Mulau – Muh, Lau)

14) München, 2008. Den Spielern des FC Bayern hat es im wahrsten Sinne des Wortes die Sprache verschlagen. Aufgrund einer durchzechten Nacht im Rahmen des Oktoberfestes und damit einhergehender Heiserkeit sollte sich die heutige Pressekonferenz als sehr wortkarge Veranstaltung entpuppen. Egal was die Journalisten fragten, die Antwort beschränkte sich meist auf ein einziges Husten und Krächzen. Als man den Torhüter fragte, ob die Mannschaft sich bereits auf den nächsten Gegner eingestellt hätte und man die Aufgabe ernst nehme, war der Mannschaftstrainer sehr darauf bedacht, nicht allzu arrogant zu erscheinen, und flüsterte seinem Keeper auffordernd zu: ____ ____, ____!“

(Sopranos – Sopran-Os)

15) Zwei Freunde – einer der beiden ist ein sehr bekannter deutscher Aktionskünstler – treffen sich im Museum, um einige neue Werke befreundeter Kreativlinge zu bestaunen. Als sie so durch die Gänge schleichen, sieht man hier eine Statue, dort ein Gemälde und an anderer Stelle Installationen aus Holz. Bei einer dieser Installationen machen beide Halt und rätseln, was sich dahinter verbergen könnte. Der eine Herr war sicher, dass der Künstler mit den Brettern lediglich einen sehr großen Stuhl darstellen wolle. Der andere hingegen erkannte eher ein anderes Möbelstück in dem Werk und sagte zu ihm: „Das ist kein Stuhl, sondern auf jeden Fall ein ____, ____."

(Titanic - Titan, nick!)

16) Sportunterricht, 11. Klasse. Heute steht mal wieder Turnen auf dem Programm. Während die Kinder ungeduldig vor den Metallstangen stehen und auf ihren Einsatz warten, erklärt der Lehrer lang und ausführlich die verschiedenen Übungen wie zum Beispiel den Felgaufschwung, den Jägersalto, die Riesenfelge oder die sehr komplizierte Tkatschow-Grätsche. Dann sind die Jugendlichen endlich an der Reihe. Einer nach dem anderen probiert sich und scheitert bereits am klassischen Aufschwung. Der kleinwüchsige Torben kommt aufgrund seiner geringen Körpergröße am allerwenigsten zurecht. Doch irgendwann hat der Lehrer ein Einsehen und schickt ihn an das Kindergerät. Um ihn nicht zu diskriminieren, begründet der Übungsleiter die Maßnahme allerdings nicht mit Torbens Größe, sondern mit seinen defizitären sportlichen Kompetenzen: „Dieses Gerät ist eher für die Fortgeschrittenen. Probiere lieber erst einmal das ____ -____."

(Bad Boys – Bett, Beuys)

17) Die junge Mutter war sehr besorgt, wollte der kleine Pascal doch trotz seines hohen Fiebers keinen Arzt aufsuchen. „Dieser Sturkopf bringt mich noch zur Verzweiflung. Ich bin wirklich mit meinem Latein am Ende“, erzählt sie ihrer besten Freundin. „Du darfst nicht auf ihn hören“, riet diese ihr. „Überrede ihn und geh mit Pascal in die Praxis von Dr. Schmidt. Der ist auf Kinder spezialisiert. Hat da ein Händchen für. Glaub mir.“ „Du hast gut Reden. Aber wie soll ich das denn anstellen, wenn der feine Herr Sohnemann auf keinen Fall zum ____ ____!?“

(Star Trek – Start-Reck)

18) Zwei Computerhersteller fusionieren. Ziel des Zusammenschlusses ist es vor allem, die Kunden noch kompetenter im Lösen von Softwareproblemen beraten zu können. Falls die eine Firma mal nicht weiterweiß, löst eben Hewlett Packard das Problem. Gelingt dies jedoch einmal nicht, dann regelt ____ ____.

(Dogville – Doc will)

19) Bei der diesjährigen Erstellung des neuesten *Michelin*-Guides sind die Restauranttester auf der Suche nach neuen kulinarischen Kostbarkeiten. Als die Auflagen vor den einzelnen Gastronomie-Besichtigungen noch einmal diskutiert werden, proklamiert der verantwortliche Testleiter noch einmal die allgemeingültigen Richtlinien und Prinzipien. „Passt auf, wenn der Koch euch enttäuscht, dann bekommt der einen ordentlichen Rüffel, sollte das Menü mittelmäßig sein, wird der Koch einfach ignoriert, sollten euch Essen und Ambiente allerdings vollends überzeugen, dann ____ ____ ____ ____."

(Dallas – Dell es)

Schwierigkeitsstufe II

20) Die örtliche Metzgerei leidet seit Jahren unter enormen Umsatzeinbußen. Eigentlich begann das Geschäft damals sehr vielversprechend, die Kunden strömten nur so herbei, das Personal war freundlich und das Fleisch von bester Qualität. Doch irgendwann konnte der gutmütige Fleischermeister seine Arbeit nicht mehr mit seinen ethischen Wertvorstellungen vereinbaren, war er doch selbst seit Jahren strenger Vegetarier, und konnte es nicht mit ansehen, wie die kleinen Schweine, Rinder und Hühner für das menschliche Konsumverhalten mit ihren Leben zahlen mussten. Um seinen Betrieb jedoch weiterhin aufrechterhalten zu können, hatte er eine Idee. „Wie wäre es, wenn wir das Fleisch einfach anpflanzen? Wir können die gebratenen Steaks und gegrillten Würstchen in den Boden graben und hoffen, dass ein paar prächtige Fleischbäume gedeihen." „Was für ein Schwachsinn",

sagte der Lehrling. „Haben Sie im Biologieunterricht nicht aufgepasst?“ „Du wirst schon sehen“, sprach der Metzger und rammte ein frisch gegrilltes Nackenkotelett in einen Topf mit Blumenerde. Doch leider war auch Monate später nicht der kleinste Spross zu erkennen. „Sehen Sie! Hab ich doch gesagt.“ „Schweig, du Narr!“, sprach der erboste Metzger. „Der Fehler war nur, das Fleisch vorher zu braten. Beim nächsten Mal muss ich es einfach ____ ____.“

(Krieg der Sterne – kriegt er Sterne)

21) Wie bereits in den einschlägigen Boulevardblättern berichtet wurde, sind die Schauspieler Damon, Affleck und Pitt aufgrund eines sehr dekadenten Lebensstils und zunehmend ausbleibender Aufträge vollkommen pleite. Nun sitzen die drei abends bei einer gemütlichen Runde Skat beisammen und überlegen, wie sie kurzfristig an Geld gelangen könnten. Da Herr Damon eigentlich ein ziemlicher Glückspilz ist, wird ihm empfohlen ein Casino aufzusuchen. „Spiel, Matt!", empfehlen die beiden anderen. Pitt wiederum gilt als heimlicher Trickbetrüger und so wird ihm von seinen Kollegen empfohlen eine Bank auszurauben. So heißt es nun: „Raub, Brad!" Als es anschließend um eine Aufgabe für Herrn Affleck geht, scheinen die Freunde zunächst ratlos. Als sie aber dann seinen durchtrainierten Body erblicken, fällt ihnen ein, dass er sich schon des Öfteren als Loveboy beweisen konnte, zumal er in weiblichen Kreisen als äußerst potent gilt. So fordert Pitt ihn schließlich auf: „____, ____!"

(Roseanne – roh säen)

22) Der sehr spirituelle, jedoch äußerst unkreative Züchter stand vor der großen Aufgabe, seine Tiere mit Namen zu versehen, da er ihnen in der Anonymität der Massenhaltung ein wenig Würde schenken wollte. Zur Überbrückung des Verfahrens versah er die Tiere erst einmal mit Nummern. Zu seinem Sohn, der den Tieren in der Regel recht wenig Beachtung schenkte und den der Bauer zu mehr Demut auffordern wollte, sprach er einst: „Merke dir Folgendes: In den Himmel kommt nur, wer die Neun-Katze vergöttert, die Fünf-Henne respektiert und den ____-____ ____."

(Ben Hur – Ben, hur!)

23) Weimar, 18. Jahrhundert. Das berühmte literarische Viergestirn, dem intellektuellen Schaffen dann und wann überdrüssig, widmet seine Freizeit heute zwecks allgemeiner Zerstreuung dem Raufhändel. Nachdem Goethe den Boxkampf mit Schiller frühzeitig durch Knock-Out beendete, fragt er den Kollegen Wieland: „Hast du jetzt Zeit für ein kleines Kämpfchen?“ Wieland spricht daraufhin genervt: „Hast du keine Augen im Kopf? Du siehst doch, dass ich grad mit ____ ____ ____ ____.“

(Dreihundert – Drei-Hund ehrt)

24) Ulf und Ursel schwelgen in Erinnerungen an längst vergangene Tage. „Hach“, sprach Ulf. „Die Schulzeit! Der erste Joint. Das erste Bier. Unser erster Kuss! Was war die Jugend noch unbeschwert.“ „Da sagst du was“, antwortete Ursel. „Und davor erst. Laufen lernen. Krabbelgruppe. Die ersten Wortfragmente. Wie schön es doch wäre, wenn ich wieder ____ ____.“

(Herr der Ringe – Herder ringe)

25) Frederik hatte deutliche Probleme mit der Syntax. Freundlicherweise gab ein Bekannter ihm seit geraumer Zeit Grammatik-Nachhilfeunterricht. Dieser stellte nach kurzer Zeit fest, dass besonders die Fragewörter Frederik zur Verzweiflung brachten. Er wusste einfach nicht, an welche Position im Satz sie gehörten. Nach der zehnten Stunde sprach der Nachhilfelehrer mit der Mutter seines Schülers und sagte: „Es ist wirklich schwierig. Aber ich habe eine Regelmäßigkeit ausmachen können. Adjektive schiebt er anscheinend immer hinter's ‚Wo'. Dafür platziert er ständig Verben neben dem ‚Wie'. Nomen hingegen setzt ____ ____ ____."

(Driver – drei Wört)

26) Ein Bauer ist verzweifelt, leidet sein Schweinestall doch seit geraumer Zeit unter einem gewaltigen Bevölkerungsverlust. Aufgrund einer langen Dürrephase vermissen die verspielten Vierbeiner ihren geliebten Schlamm, in dem sie sich noch vor wenigen Wochen herumwälzen konnten. So kam es, dass die Schweine in andere ferne Regionen auswanderten, um dort ihr Glück zu finden. Als der Landwirt einem Freund von den emigrierten Schweinchen erzählt, spricht er: „Es ist so traurig. Vor einiger Zeit konnten sie sich hier noch in der feuchten Erde erquicken, aber neuerdings suchen sie sich neue ____-________."

(Air Force One – er vor's ,Wann.)

27) Der als unbeholfen geltende Manfred sitzt mit seinem bayerischen Flirtlehrer in einem Augsburger Café. Auch nach zahlreichen Blind Dates und Verkupplungsversuchen hat er die Richtige noch nicht gefunden. Manfred hat nämlich ein großes Problem, was den Umgang mit neuen weiblichen Bekanntschaften angeht, denn oftmals überrennt er die Frauen schon beim ersten Treffen mit seiner Liebe und den damit einhergehenden Zärtlichkeiten. Das verschreckt die Frauen natürlich. „Glauben Sie mir, es ist sinnvoll, mit der Tür nicht immer ins Haus zu fallen“, rät ihm der Coach. „Seien Sie nicht so forsch, Manfred. Machen Sie sich interessant. Bewahren Sie ihre Liebesbekundungen und heben Sie auch mal a’ Schmatzerl für einen späteren Moment auf. Manchmal ist es wirklich besser, man ___ ___ ___.

(Zoolander – Suhl-Länder)

28) Unruhe im Hause White. Walter scheint nun schon seit einiger Zeit verschollen zu sein und seine Frau Skyler zeigt sich zunehmend besorgt. Als sie ihren Mann anruft, verdächtigt sie ihn, dass er trotz seines Versprechens wieder irgendwo Crystal Meth produzieren oder diverse andere krumme Dinge drehen würde. Drogenkoch Walter versichert ihr daraufhin am Telefon, dass er sich seit zwei Tagen bei seinem Schwager befände, weil dieser seine Hilfe benötige. „Wehe dir, wenn du mich wieder anlügst“, schimpft Skyler durch den Hörer. „Bitte vertraue mir“, sicherte Walter ihr zu, „du kannst mir glauben, dass ich bei ____ ____.“

(Spartacus – spart a Kuss)

29) Tarzan und seine Frau entdecken die Vorteile der Evolution und basteln sich aus Waldmaterialien Schuhe. Allerdings dauert es extrem lange, bis ein paar benutzbare Treter angefertigt sind, da die Fußbekleidung natürlich extrem stabil sein muss. Besonders die Unterseite der Schuhe kristallisiert sich als Schwachstelle heraus. Tarzan kommt also auf die Idee, eine Art Reparaturset für diesen Teil des Produktes zusammenzustellen, und beauftragt seine Frau mit dem Sammeln der einzelnen Werkzeuge und Rohstoffe. Er bittet sie also: „Geh doch schon mal los und sammle Äste, Harz, Lehm und stabile Palmblätter für unser ____-____, ____."

(Hancock - Hank hock)

30) Der junge Amerikaner, den Frau Schmidt vor einigen Jahren für die Haus- und Hofpflege einstellte, saß nun bereits schon seit Stunden regungslos auf einem Gartenstuhl und kaute nervös an einem Pflanzenstiel. Wahrlich seltsam, dachte sich die junge Dame, hatte sie ihn doch am Morgen freundlich gebeten, den Rasen zu stutzen. Eigentlich war der junge Mann stets sehr zuverlässig. „Was ist denn los mit Ihnen?“, krakeelte sie aus dem offenen Fenster. „Ich kann so nicht arbeiten“, sprach der Arbeiter in seinem Südstaatenakzent. „Ich fühle mich beobachtet. Sehen Sie nicht die beiden Kitze am Gartenzaun?“ „Doch! Aber was kümmert es Sie?“ „Es ist eine zwanghafte Störung. Ich kann schon seit vielen Jahren nicht in der Anwesenheit von ____ ____.

(Soul Kitchen – Sohl-Kit, Jane)

31) In einem historischen Sportmuseum gab es eine Sonderausstellung. Vorläufer des Fußballsports spielten auch im römischen Zeitalter eine große Rolle. Die Sitten waren allerdings etwas rauer. Gibt es heutzutage höchstens kleine Sticheleien auf Pressekonferenzen, war es damals doch wesentlich brutaler. Um den erfolgreichsten Spieler der gegnerischen Mannschaft zu strafen, hackte man ihm am Ende des Spiels den Teil des Fußes ab, mit dem er die meisten Tore gemacht hatte. Das abgetrennte Fleisch wurde dann eingegipst und im Vereinsheim als Trophäe aufgestellt. Ein Archäologe konnte nun einen Großteil dieser Skulpturen restaurieren und sie dem Museum als Leihgabe zur Verfügung stellen. Der Museumsführer erzählte den Kindern nun während des Rundgangs: „Schaut mal – das hier ist eine Retro-Pike. Dies wiederum ein Altertum-Spann. Und dort seht ihr den sogenannten ____ ____- ____."

(Rain Man – Rehen mähen)

32) Die beiden bekannten Karatekämpfer Jackie und Bruce fühlen sich seit Neuestem dem Judentum sehr nahe und üben fleißig die jiddische Aussprache. Bei einem gemeinsamen Arztbesuch soll ein Folgetermin vereinbart werden und die Sprechstundenhilfe, verwirrt, dass beide Stars gleichzeitig zum Arzt gehen, versichert sich noch einmal, ob die Termine auch stimmen: „Also, Herr Chan, Sie wollen am Dienstag den frühen Termin und …“ Weiter kommt sie nicht, denn Bruce unterbricht sie in seinem gebrochenen Jiddisch: „Neyn, spät möchte Chan.“ Jackie hakt sich sofort ein und fügt an: „Genau, und ____ ____ ____.“

(Antichrist – Antik-Rist)

33) Im Ausbildungsbetrieb „Manfred & Sons“ zeigte der Malermeister seinem Azubi Günter einige verschiedene Anstreichtechniken. „Wichtig ist die Wahl des Pinsels. Das hängt immer ganz von Fläche, Untergrund und geometrischer Beschaffenheit ab.“ Geduldig führte er dem jungen Nachwuchsmaler nun einige Pinselstriche vor. „Gerade Flächen machste am besten so!“ Der Lehrling nickte. „Und wie mache ich es bei Kanten und Winkeln?“, wollte er wissen. „Das ist ganz einfach.“ Erneut führte er Günter die Bewegung vor. „Letztendlich kannste dat ja machen, wie de willst, aber ich streiche immer ____ ____ ____.“

(Free Willy – fri will Lee)

34) Arktis, 2243. Aufgrund zunehmender Verlagerung auf den Luftverkehr wurden viele alteingesessene Verkehrsmittel in europäischen Großstädten überfällig. Da man jedoch fürchtete, dass sich die Zeiten auch wieder ändern könnten, wollte man die alten Vehikel nicht zerstören. Aus Platzgründen entschied man sich schließlich, einige Busse und Bahnen in Arktis und Antarktis auszulagern. Dort würden sie wohl kaum jemanden stören. Als zwei Geologen gerade den nördlichen Schnittpunkt der weltlichen Rotationsachse überprüfen wollten, erblickten sie das Chaos und einer murmelte: „Verrückt. Im Süden standen doch schon überall die Londoner U-Bahnen.“ „Na ja“, sagte sein Kollege. „Ich schätze, man kann sich so langsam überlegen, die Achsen umzubenennen. Das Ding im Süden könnte man Subway-Achse nennen.“ Da lachte sein Kollege. „Gute Idee. Dann schätze ich mal, dass dies hier der neue ____ ____-____ ____.“

(Zodiac – so die Eck.)

Schwierigkeitsstufe III

35) Zwei Hunde unterhalten sich während eines gemeinsamen Spaziergangs über ihre seltsamen Angewohnheiten. Rex erwähnt, dass er irgendwann das Interesse am Bellen verloren hätte und lediglich in der Nähe von Kuhfellen dazu imstande sei. Woran das liege, wisse er auch nicht so genau. „Ich kann scheinbar nur beim Anblick von gefleckten Fellen bellen“, reimt der lyrisch ambitionierte Vierbeiner. Sein Freund Hasso schaut ihn verständnisvoll an und erzählt dann: „Du wirst lachen. Mir geht es da ähnlich. Nur, dass es bei mir das Fletschen betrifft. Völlig absurd! Lediglich in der Anwesenheit von Pferden packt mich das Verlangen, meine Zähne zu zeigen. Ich war sogar beim Hundepsychologen. Aber der konnte mir auch nicht sagen, warum ich beim Anblick von _____ _____ _____.“

(Metropolis – Metro-Pol is.)

36) Kurz nach ihrer Entlassung aus einem Gefängnis in Barcelona beschließt eine Räuberbande, ihre neue Freiheit zu nutzen, um gemeinsam eine Band zu gründen. Ziel ist es, das hinter sich gelassene Schurkentum zu besingen und gemeinsam die schlimmen Zeiten aufzuarbeiten. Da die Jungs allesamt große Freunde afroamerikanischer Musik sind, ist die grobe Stilrichtung schnell gefunden. Nach ihrer ersten Probe überlegen die Jungs, wie sie die Stilrichtung, die sich textlich lediglich mit ihrem Einbrecherdasein beschäftigt, nennen könnten. Der katalonische Frontmann fabuliert schließlich: „Plünderer-Soul? No! Langfinger-Jazz? No! ____-____? ____!“

(Men in Black – Mähnen bleck)

37) Während einer Fortbildung trafen sich drei sehr junggebliebene Oberbefehlshaber der Bundeswehr und sprachen nach dem gemeinsamen Seminar bei einem Bierchen an der Hotelbar über Mitarbeitermotivation. „Wie macht ihr das denn, Jungs?“, wollte Heinrich wissen. „Na ja“, sprach Dirk, „hin und wieder kommt es mal vor, dass ich mit der Marine ganz nice einen trinken gehe. Das schweißt zusammen.“ „Aha! Und was machst du?“, fragte Heinrich den anderen. „Nun, es ergibt sich öfters mal, dass ich mit den Jungs von der Luftwaffe eine lazy Kugel auf der Kegelbahn schiebe.“ „Interessant!“ „Und wie hältst du dein Team zusammen?“ Da sagte Heinrich: „Meistens chillen. Aber hin und wieder kommt es vor, dass ich im Restaurant mit den Boys vom ____ ____ ____.“

(Deep Blue Sea - Dieb-Blues? Si!)

38) Rebecca und Jaqueline unterhalten sich in einem Fastfood-Restaurant über die alltäglichen Probleme im Leben. „Hach, ich habe über Weihnachten wieder so zugenommen“, erzählt Rebecca. „Schrecklich! Und wegen der Kinder habe ich auch keine Zeit, joggen zu gehen. So kann das nicht weitergehen.“ Die etwas einfältige Rebecca erwidert daraufhin: „Ich hatte lange Zeit dasselbe Problem. Dann kam ich auf eine super Idee. Wie wäre es, wenn man die normalen Portionen einfach kleinpresst? Dann nehmen sie im Bauch nicht mehr so viel Platz ein und man bleibt schlank. Drei Varianten habe ich ausprobiert. Ich fange mal hinten an. Du nimmst ein Nudelholz und rollst den Burger platt: Roll-Kur C! Du trittst mit dem Fuß drauf: Tret-Fasten B! Oder du gehst einmal ordentlich mit dem Bügeleisen drüber: ____-____ ____ ____!“

(Herkules – Heer cool ess)

39) Die Musiker vom örtlichen Orchester beschlossen eines Tages, die Villa eines wohlhabenden Geschäftsmanns zu überfallen. Es hieß, ein riesiger Tresor sei dort in die Wand des Schlafzimmers eingelassen. „Wie bekommen wir das Ding denn aus der Wand?“, wollte der Posaunist wissen. Der Hornist sagte daraufhin: „Wir können ein Seil benutzen. Das wickeln wir um den Griff. Und dann ...“ „Das klingt bescheuert.“ „Ich weiß, aber in Filmen benutzt man immer ein Seil.“ „Das ist aber kein Film, sondern ein Rätselbuch“, untermauerte der Posaunist. „Egal! Jedenfalls wickeln wir das Seil um den Griff, hängen es aus dem Fenster, wickeln es um ein paar Bäume und unser stärkster Mann muss ganz feste daran zerren. Flaschenzugsystem! Ihr wisst schon. Konrad, du hast doch dicke Arme.“ „Und wenn mich jemand sieht?“ Harfenist Konrad hatte Bedenken. „Kein Problem. Ich stelle mich mitsamt Gitarre und Horn auf die andere Seite der Straße und halte Wache. Wenn ich zupf, machste erst einmal nichts. Und wenn ich ____, ____!“

(Gladiator – Glätt-Diät A)

40) Nachdem sie wenige Minuten zuvor ihrer beiden Rollbretter beraubt wurden, stehen die beiden jugendlichen Skater nun ratlos im Park und blicken sich nach alternativem fahrbarem Untergrund um. Als die beiden auf der Wiese eine junge Familie erblicken, werden sie ganz rührselig. Ein Familienvater hat für seine Kinder ein Kasperltheater aufgebaut und führt mit den Handpuppen ein Theaterstück auf. Putzig. „Ha! Das ist die Idee“, schreit einer der Jungs. „Ich mache einfach auf dem Seppl ein paar Kickflips. Das sollte doch machbar sein. Und das Krokodil kann ich zum Grinden nehmen.“ „Gute Idee“, erwidert der andere. „Dann mache ich ____ ____ ____ ____.“

(Tootsie – fur, zieh!)

41) „Heute hab ich was Verrücktes gesehen“, erzählte Uwe seiner Frau, als er am Abend vom Spaziergang aus dem Wald zurückkam. „Da war ein junges Pärchen. Direkt am Fluss. Die sahen aus wie Steinzeitmenschen. Scheinbar Aussiedler oder so. Jedenfalls wollten sie ein Feuer machen. Ist ja kalt draußen ...“ „Komm zum Punkt“, hakte seine Frau ein. „Ist ja gut. Weißt du, wie sie versucht haben, Feuer zu machen? Natürlich nicht mit Streichhölzern oder so. Und man kennt das ja aus Filmen, wo die Leute dann mit Steinen oder Stöcken ...“ „KOMM ZUM PUNKT!“ „Ist ja gut! Diese elenden Tierquäler haben sich jedenfalls der am Fluss lebenden Tiere zur Feuerentfachung bedient. Die Frau scheuerte zwei Biber fest gegeneinander und der ____ ____ ____ ____.“

(Persepolis – per Sepp Ollis)

42) Der Bankräuber-Azubi war frustriert, ließ er doch die gesamten Geldbündel versehentlich aus dem Fenster fallen. Einzig eine 10er-Note blieb den Verbrechern am Ende übrig. Aufgrund eines speziellen Sicherheitssystems im Tresor war die Geldnote jedoch vollkommen gefroren. „Was machen wir denn nun?“, wollte der Nachwuchsdieb wissen. „Was für eine dumme Frage!“ Der Boss äffte den dummen Jüngling nach. „Was machen wir wohl mit dem ____? – ____, ____!“

(Harry Potter – Herr hieb Otter)

43) In den skandinavischen Ländern ist es Sitte, dass sich die Angehörigen der Grundschulkinder bei der Abschlussfeier dem Lifestyle diverser Musikarten entsprechend verkleiden. So kommt es, dass sich in Kopenhagen eine Däne-Mum als Punk verkleidet oder in Oslo ein sogenannter Nor-Grandpa als Metaller. In Helsinki allerdings verkörpert ein depressiver ____-____ ____ ____."

(Chinatown – Schein? - Na, taun)

44) Aufgrund fehlender Nägel im Haushalt ist der bibliophile Gemäldefreund gezwungen, ein gerahmtes Portrait vor einem seiner Bücherstapel zu positionieren, war er doch sicher, dass die Bücher dem Gemälde genügend Halt geben sollten. Als er so durch den Raum streifte und die Kriminalromane der Herren Nesser und Nesbø erblickte, sinnierte er: „Hmm. Ob ich das Bild nun vor die Håkan-Gesamtausgabe positioniere oder vielleicht doch lieber vor die Jo-Bücher stelle?“ Er schien doch sichtlich unentschlossen. Dann blickte er auf sein Lieblingsbuch Illuminati und entschied dann spontan: „Nein, es wird das Beste sein, wenn ich mein neues Gemälde vor das ____-____ ____.“

(Finder Nemo – Finn-Dad 'n Emo)

45) Zwei bayerische Comedians unterhielten sich nach einem gemeinsamen Auftritt im Backstagebereich über ihre komödiantischen Vorbilder aus Funk und Fernsehen. „Also, der Barth geht ja mal gar nicht. Vier Programme und nur eine Pointe.“ „Exakt“, gab ihm sein Kollege Recht und erwiderte: „Und der Atze Schröder ist ebenfalls grausam. Diese Frisur! Dieses Anbiedern an die große Masse! Ekelhaft.“ Auch hier waren sich die beiden Stand-Up-Künstler einig. „Findest du überhaupt jemanden gut?“ „Na ja! Den Pocher! Warum, weiß ich auch nicht. Dumme Witze, immer auf die Randgruppen, Überpräsenz! Eigentlich müsste man ihn hassen. Aber irgendwie ist er mir sympathisch. Ich find den gut.“ Sein Kollege nickte verständnisvoll und stimmte ihm dann zu. „Jo mei, I ____ ____ ____ ____.“

(Denver Clan – Dan-Werk Jehn)

46) Aufgrund einer Pollenallergie mussten die auf der Wiese weidenden Schafe nun schon seit einer langen Zeit schrecklich leiden. Nun überlegte der Bauer, welche Maßnahmen er ergreifen könnte, und kam auf die Idee, die Wiese zu asphaltieren. Nachdem er den hiesigen Baustoffhändler angerufen und sich nach dem passenden Bodenbelag erkundigt hatte, beauftragte der Geschäftsführer seine beiden Azubis mit der Lieferung. Einer der beiden war wahrlich eine Schlafmütze und schlenderte mit dem Asphalt in aller Seelenruhe Richtung Herde. Sein wesentlich dynamischerer Kollege zeigte dafür wenig Verständnis und sagte: „Du bist mir eine Schnecke. Wir werden ja sehen, wen von uns der Chef irgendwann fest einstellt. Trotte du ruhig mal schlendernd zur Herde. Also, ich bringe der ____ ____ ____ ____."

(Magnolia – wag ,u Olli a)

47) Die friesischen Restaurantköche Ole und Hauke haben sich für die aktive Gestaltung ihrer Mittagspause ein Hobby zu eigen gemacht. Hierfür kippen sie Fischöl in einen großen Eimer und versuchen dann mittels kleiner Löffel, den Eimer so schnell wie möglich auszuschöpfen. Der Verlierer des Fischöl-Wettbewerbs muss am Abend die Küche sauber machen. Da der Gastronomiechef dieses aus dem Fettgewebe von Meeressäugern gewonnene Öl aufgrund guter Händlerquellen im Überfluss hat, scheint er keine Einwände zu haben. Zudem ist er froh, dass sich die beiden halbwegs athletisch betätigen und nicht faul in der Gegend rumsitzen. „Sagt mal, ihr beiden. Wer muss den heute putzen?“, fragt er, als er am späten Abend die Großküche aufsucht. Ole zeigt mit dem Finger auf Hauke und antwortet in typischem Dialekt: „Dank meines heutigen Sieges im ____-____ ____.“

(Shutter Island – Schar Teer eilend)

48) Die befreundeten Maskenbildnerinnen Jenny und Sandra trafen sich zufällig im Tattoostudio. „Sag mal, du schminkst doch immer die großen Rockstars“, sagte Jenny. „Weißt du, ob einer der Kerle auch am Hintern tätowiert ist?“ „Woher soll ich das wissen? Ich schmink sie doch nur.“ „Ach, komm schon! Du hast doch bestimmt mal einen der Jungs ausgezogen. Sag doch! Steve Tyler? Mick Jagger? Wen hast du nackt gesehen?“ „Niemanden. Glaub mir doch!“ Sandra wurde langsam etwas zornig. „Und wenn, dann würde es dich nichts angehen.“ „Man erzählt sich aber, du hättest Mr. Jovi schon mal ausgezogen“, flüstert Jenny ihr zu. „Nein! Das ist gelogen. Er ist mein treuester Kunde. Du kannst mir glauben, dass ich schon aus Berufsehre Jon ___ ___ ___ ___.“

(Transporter – Tran-Sport er)

49) Ein junger Mann hat drei verschiedene Geliebte. Da die drei Damen alle in verschiedenen Dörfern wohnen und allesamt nicht mobil sind, muss er jedes Mal mit dem Auto zu ihnen fahren, um sie anschließend in anonyme Hotels mitzunehmen. Die Gefahr aufzufliegen ist ihm scheinbar zu groß. Die kleinen idyllischen Orte, in denen die Frauen leben, haben es dem Großstadt-Casanova allerdings deutlich angetan. So fallen dann regelmäßig Sätze wie: „Oh, Jutta! Dieser Provinz-Charme ist wirklich wundervoll.“ Oder: „Heike, diese pittoreske Dorf-Anmut nimmt mich regelrecht ein.“ Die dritte Dame, Elke, wohnt im kleinsten aller Dörfer und zu ihr sagte er: „Hach, Elke. Ich erliege, immer wenn ich dich ____ ____, ____-____ ____.“

(Bonnie & Clyde – Bon nie entkleid)

50) Zwei Geschwister könnten ungleicher nicht sein. Das eine Kind ist sehr genügsam und gönnerisch, während das andere alles begehrt, was das Geschwisterchen bekommt. Dabei hätte es dies gar nicht nötig. Eine weitere schlechte Eigenschaft des Kindes ist, dass es dieses Verhalten auch auf andere Kinder übertragen will. So stiftet es Altersgenossen an, die Spielzeuge der anderen Kinder zu beargwöhnen. Folglich gerät der ganze Straßenzug in einen Streit und der Aggressor zeigt sich zufrieden mit seinem Werk. Die Eltern bedauern dies natürlich sehr und fragen sich, was sie falsch gemacht haben. So konsultieren sie irgendwann einen Psychologen, der sie fragt, was denn das Problem mit dem Kind sei. Die Eltern antworten: „Es gönnt einfach niemandem etwas. Und damit nicht genug. Es stiftet auch andere dazu an, genauso zu handeln. Der Kleine läuft überall herum und ____ ____ ____."

(Apollo 13 – abhol', Od-Reizen)

51) Zwei Klebstoffhersteller, die sich aus Marketinggründen nach ihren besten Marken benannt haben, geraten in einen Konkurrenzkampf der besonderen Art. Die Waffenindustrie weist nämlich einen Herstellungsengpass im Bereich großkalibriger Gewehre auf. Keine Firma will die aufwendige Herstellung übernehmen. In dieser Situation sehen die Klebstoffhersteller ihre Chance, das Sortiment um opulente Schusswaffen zu erweitern. Die Firma UHU bekommt den Zuschlag, scheitert aber nach kurzer Zeit am Aufwand des Geschäfts. Der zweite Klebstoffgigant hat da mehr Geschick und so produziert seit kurzem ____ ____ ____ ____.

(The Dark Knight – sät arg Neid)

52) Zwei sammelfreudige Bayern verstauen leidenschaftlich gerne Gegenstände im Speicher. Der eine von beiden besitzt zu diesem Zweck eine Art Schatzkiste und der andere eine sehr große Kleiderbox mit massiven Metallbeschlägen. Nun geht Ersterem der Platz aus, während der Zweite ein paar Gegenstände verkauft und somit viel Stauraum gewinnt. Also macht er einen Vorschlag: „Lass uns eenfach tosch'n. I borg dir die große Box, wenn du mir dei ____ ____."

(Pretty Woman – Pritt die Wummen)

53) Ein Pastor mit Hang zu anglophonen Vokabeln möchte das gottlose Finanzgeschäft moralisch aufwerten und kommt auf die Idee, einfach alle Geldscheine, die er in die Finger bekommt, zu segnen. Allerdings muss er sich dazu, so seine tiefe Überzeugung, auf einem Schiff befinden. Er ist nämlich der Überzeugung, dass die Nähe zum Meer eine spirituelle Kraft erzeugt. Als ein befreundeter Pastorenkollege ihn fragt, ob er am Wochenende Zeit habe, muss er ablehnen und sagt: „Nein, ich muss wieder in den hohen Norden. Du weißt doch, dass ich regelmäßig in der Hafenstadt ____ ____ ____."

(True Lies – Truh, leihs.)

54) Da sie aus den unterschiedlichsten Ecken Deutschlands stammen, treffen sich drei befreundete Sprachwissenschaftler sehr gerne im zentralen Kassel. Wenn sie sich sehr bemühen, können sie zwar alle eine Art Hochdeutsch sprechen, aber ihr jeweiliger Dialekt ist ihnen natürlich lieber. Potentiell vermögen alle drei die anderen Dialekte mit viel Anstrengung zu verstehen und teilweise sogar zu sprechen – einzig die Eitelkeit verhindert dies meistens. Also einigen sie sich darauf, dass bei jedem neuen Treffen ein fester Dialekt gesprochen werden muss und beim nächsten Mal gewechselt wird. Allerdings stellt sich das erste Treffen als schwierig heraus, weil natürlich jeder mit seinem eigenen Dialekt beginnen möchte. So sagt der Münchner: „Also, I würd sogen, mir sprechen erst amol Bayerisch." Der Sachse widerspricht natürlich: „Ei verbipscht, ich sog' mer spreche Säch'sch." Der Norddeutsche plädiert jedoch für seinen Dialekt, indem er entgegnet: „Ich glaub' ja, dat dat für's Unte'halten am besten wäre, wenn wir dat auf ____ ____."

(Kill Bill 2 – Kiel Bills weih.)

55) Die Bestsellerautoren King und Brown treffen sich zum Kochen und gemeinsamen Musizieren. Während sich Stephen schon mal der Vorbereitung des nächsten Ganges hingibt und Fleisch präpariert, weist er seinen Freund und Kollegen an, ihn doch musikalisch dabei etwas zu unterhalten. So spricht er: „Siehst du die Würstchen da vorne? Während ich die vorbereite, könntest du ja was trällern. Komm, ich ____ ____ – ____ ____!“

(Platoon – Platt tun)

56) Es trug sich einst in der spanischen Mancha zu, dass der edle Ritter Quijote und sein treuer Knappe wieder einmal Teil eines gefährlichen Abenteuers wurden. Dieses waghalsige Unterfangen hatte zur Folge, dass Rosinante, das Pferd des Ritters, leider den Folgen einer Verletzung erlag. Deshalb war Quijote von diesem Verlust an gezwungen, zu Fuß durch das Land zu streifen. Schnell machte die Neuigkeit die Runde und man bedauerte in der gesamten Region den Ritter, dem man fortan einen Spitznamen gab, der auf seine neue Fortbewegungsmethode anspielte. Auch die Kinder kriegten Wind davon und wenn sie den bemitleidenswerten Kerl sahen, riefen sie laut aus: „Ohhhh, guckt euch den an. Das ist ja wirklich ein ____ ____ ____-____."

(Dirty Dancing – dörr, die – Dan sing!)

57) Ein merkwürdiges Spiel macht die Runde in Kreisen junger, promovierter Akademiker. Es geht inhaltlich darum, dass man während der Vorlesung neben einem frisch promovierten Intellektuellen einer beliebigen Fakultät ein Haushaltsmittel abstellt. So kommt es, dass man zuweilen sagt: „Oh, ich fühl mich toll, wenn ich neben dem Dr. phil. Olivenöl postiere.“ Besonders begehrt sind allerdings die Plätze neben den Rechtswissenschaftlern. Deshalb hört man besonders diejenigen frohlocken, welche einen Platz neben einem dieser Akademiker für ihr Haushaltsmittel gefunden haben. So jemand sagt dann: „Oh, wie schön es ist, wenn ich neben dem Dr. ____ ____ ____ ____.“

(Armageddon – armer Geh-Don)

58) Zwei verdorbene Bösewichte brechen aus unerfindlichen Gründen in ein Haute-Couture-Modegeschäft ein. Da sie keine Wertgegenstände von Interesse finden, beginnt der eine von ihnen an einer Schaufensterpuppe unsittlich herumzugrapschen. Plötzlich taucht der Hund der Ladenbesitzerin auf, der das Geschäft nachts bewacht. Komischerweise kläfft er nur dann, wenn der Dieb die Schaufensterpuppe berührt. Erbost schnauzt der Bandit den Hund an: „Elende Töle! Wie kann es denn sein, dass du dummes Vieh immer dann, wenn ich die Puppe mal nicht berühre, die Schnauze hältst, aber sobald ich ____ ____ ____ ____, ____?!“

(Jurassic Park – Jur. Essig park)

59) Im Zuge eines Werbe-Castings veranstalteten drei große Supermarktketten einen Schönheitswettbewerb. Am Abend sollten die jeweiligen Siegerinnen auf der Bühne präsentiert werden. Ehrung, Hymne, Spotlight – das ganze Programm. Als sich die Licht-Techniker über ihre Aufgabenverteilung unterhielten, sagte der Koordinator: „Jürgen, du bestrahlst die Edeka-Lady. Uwe, du kümmerst dich um die Netto-Queen. Und du, Ronny, sorgst dich um den Rest.“ Als Ronny am Abend seinen Dienst antrat und ihn ein Passant bei der Arbeit störte, schimpfte Ronny: „Hey, Sie Spinner. Sie sehen doch, dass ich grad die ____ ____-____ ____ ____.“

(The Untouchables – sie antatsche, bells.)

60) In seiner Lieblingsgaststätte erzählt der rüstige Frührentner und Kegelfreund Willi dem Stammwirt von den neuesten sexuellen Marotten seiner Gattin. Die gemüseaffine Kleingärtnerin kam doch immer wieder auf die verrücktesten Ideen. Nachdem sie ihn früher öfter gezwungen hätte, sich mit Tomatensaft einzureiben, oder ihn gebeten hätte, sie mit einer Möhre zu befriedigen, wurde es gestern wohl richtig seltsam. Da hätte sie ihn doch ernsthaft gebeten, sich Wirsingblätter um den Unterschenkel zu wickeln. „Das muss man sich mal vorstellen! Der Anblick würde sie angeblich stimulieren, hat sie gesagt.“ Der traditionsliebende und konservative Präzisionssportler führte fort: „Glaub mir, ich mach ja viel mit, aber in der imaginären Tabelle meiner Leidenschaften positioniere ich ja eher noch ____ ____ ____ ____- ____-____.“

(Little Miss Sunshine –
Lidl-Miss anschein.)

61) Las Vegas, 2015. Glücksspieler Steve McCoy gilt in sämtlichen Casinos als gefürchtet, da er seit Jahren noch nicht ein Spiel verloren hat. Zudem ist er für zwei merkwürdige Marotten bekannt. Zum einen hat er einen Sprachfehler und lässt bei jedem Satz den letzten Buchstaben weg. Oft sagt er dann Dinge wie: „Guten Ta'. Ein Bier, bitt'. Und eine Supp'. Dank'." Zum anderen, so erzählt man sich, malt er nach jeder gewonnenen Partie, egal ob am Kartentisch oder beim Roulette, die traurigen Gesichter seiner Gegner auf das Restaurantgeschirr des angrenzenden Hotels. Und während er dann speist und trinkt, erfreut er sich an den elenden Fratzen der Geschlagenen. Für alle Gegner eine Demütigung sondergleichen! Als die Kellnerin des Hotels eines Abends das verunstaltete Porzellan erblickte, fragte sie höflich: „Was ist denn das?" Und McCoy erklärte: „Das hier ist der Roulette-Häme-Telle'. Dies ist mein Skat-Spott-

Löffe'. Und das ist meine ____-____-____ ____."

(Bowling for Columbine –
Bowling vor Kohl-um-Bein)

62) Die Pauschalurlauber Norbert und Heiko sitzen im Café eines Flughafenterminals und tauschen sich über die technischen Standards der modernen Fluggesellschaften aus. „Bei Air Berlin und Lufthansa scheint es zur Zeit keine Probleme zu geben“, erzählt Norbert. „Keine beunruhigenden Geräusche. Kein Rappeln. Nix.“ „Hab ich auch gehört“, antwortet Heiko. „Kann man natürlich nicht pauschalisieren. Hat ja auch viel mit dem Wetter zu tun. Die Flieger scheinen jedenfalls weitestgehend in Ordnung zu sein. Man munkelt allerdings, dann und wann ____ ____ ____.“

(Pocahontas – Poker-Hohn-Tass.)

63) Ein Landwirt hatte während der Fußballweltmeisterschaft mit allerhand Stress zu kämpfen. Eines der Austragungsstadien lag nur wenige Meter von seinem Grundstück entfernt. Viele der Stadionbesucher klopften nachts betrunken an seine Tür und baten ihn um Kost und Logis. Als Gegenleistung schleppten sie ständig irgendwelchen Unfug an, den sie im Stadion oder auf dem Weg aufsammelten. Zum Leidwesen des Bauern kamen die Ballsportsympathisanten auf dem Fußmarsch von der Sportarena in Richtung Bauerngehöft neuerdings auch an einer Baustelle vorbei und so kam es, dass er seinen Kindern am Telefon eines Tages Folgendes erzählte: „Es fing harmlos an. Da brachten die Verrückten nur Pfandflaschen oder irgendwelche Bratwürstchen aus dem Stadion mit. Aber seit da diese Baustelle ist, schleppen die

____ ____ ____ ____.

(Ratatouille – rattert TUI)

64) Zwei Pinguinkinder trieben seit einigen Tagen auf einer kleinen Scholle durch das Polarmeer und kämpften mit immenser Langeweile. Die einzige Beschäftigung, die ihnen Spaß machte, war es, sich hin und wieder ein kleines Stück vom gefrorenen Boden abzubrechen und damit kräftig zu schmeißen. Als zwei österreichische Polarforscher des Weges kamen und die beiden Tiere beim Werfen erblickten, schlossen sie eine Wette um die Wurfdistanz. „Komm schon, wir wetten um drei Stunden Rucksacktragen. Ich tippe, er wirft sehr kurz“, sagte einer der Forscher und während er das aussprach, musste er schon mit ansehen, wie der Pinguin die geschätzte Entfernung um Längen übertraf. Resignierend jammerte er dann: „Mist! Jetzt warf das Tier das ____ ____. ____!“

(Fenster zum Hof – Fans Teer zum Hof)

65) Konditor Kunibert hat sich vor einiger Zeit darauf spezialisiert, Formel-1-Strecken nachempfundene Kuchen herzustellen. Dies kam bei den rennsportaffinen Dorfbewohnern sehr gut an und die Geschäfte liefen dementsprechend gut. Ob Circuit de Monaco oder Nürburgring – alle Wünsche der Kunden wurden erfüllt. Als eine junge belgische Touristin eines Tages in das kleine Geschäft kam, bat sie den Konditor, ihre Heimatstrecke nachzubauen. Dies lehnte der sonst so freundliche Herr jedoch entschieden ab und antwortete: „Tut mir leid, da hab ich meine Prinzipien, ich stelle sonst wirklich jede Strecke her, aber ich ____ ____ ____.

(Eyes Wide Shut - Eis weit. Schad'!)

66) Die bayerischen Designer Ferdinand & Franz wurden von zwei amerikanischen Filmpreiskomitees beauftragt, den bisweilen prunkvollen Filmpreisauszeichnungen etwas Glamour zu nehmen und sie minimalistischer zu gestalten. In Zeiten von Reduktion und Schlichtheit sollte so ein gewisses Understatement symbolisiert werden. Nun überlegten die beiden Münchner Gestalter, wie sie das Ganze ohne allzu viel Aufwand angehen könnten. „Pass auf. Wir müssen eigentlich nur die Farbe verändern. Dieses Gold ist zu aufdringlich“, sagte Franz. „Wir streichen die Dinger einfach. Die Frage ist, in welcher Farbe? Für den Oscar würde ich ja ein schlichtes Grau vorschlagen. Aber der andere?“ Da fiel es Ferdinand wie Schuppen von den Augen und er sinnierte: „Jo ____! ____ ____ ____.“

(Bugs Bunny – back Spa nie)

67) Der VIP-Lounge-Caterer Rüdiger ist begeistert, da er durch seinen neuen Job im Stadion ständig mit berühmten Kommentatoren in Kontakt kommt. Die anderen Stars und Sternchen interessieren ihn nicht im Geringsten, aber die redegewandten Männer im Hintergrund begeisterten Rüdiger schon als Kind. Ob Rubenbauer, Töpperwien oder Huberty – ihnen allen ist der Küchenchef schon begegnet, nur auf seinen großen Star wartet er seit Monaten vergebens. Erst als Rüdiger eines Tages ein Essen in der Küche vergaß und wieder zurückmusste, stolperte er auf dem Weg zufällig seinem großen Helden entgegen. Dass er das noch erleben durfte! Am Abend erzählte er seiner Frau: „Verrückt! Da habe ich heute doch tatsächlich ein Essen vergessen. Das passiert mir sonst nie. Aber dann traf ich doch tatsächlich das ____ ____ ____ ____."

(Miami Vice – mei! Emmy weiß)

68) Drei maritime Köche haben die seltsame Angewohnheit, sich ständig mit Gewässern über ihre neuesten Küchengeräte austauschen zu müssen. Da alle drei Brutzelgötter dem Diminutiv nicht abgeneigt sind, fallen beispielsweise Sätze wie: „Schau mal, mein neuer Topf, Teichlein." Oder auch: „Betrachte doch mal meine Pfanne, Meerchen." Als Herbert, der Chef vom Hong-Kong-Grill und Experte in asiatischer Kulinarik, sein neues Kochgerät präsentiert, spricht er: Sieh mal, mein neuer ____, ____ ____."

(Mulholland Drive – Mahl holend Reit)

69) Ein Bauer erzählt seinem Freund, dass eins seiner Schafe neuerdings sehr reizbar ist. „Es ist total verrückt. Immer wieder kommt es zum Zaun am Wald und beobachtet die kleinen Kitze. Und immer wenn diese ihm abwertend ihr Hinterteil entgegenstrecken, macht das Schaf lautstarke Geräusche." „Ja, das kenne ich", sprach sein Freund. „Ich hab auch mal von so einem Schaf gehört. Das musste auch immer beim Anblick von einem ____-____ ____."

(Walk the Line – Wok, Seelein)

70) Im Tierreich war mal wieder Karneval. Das ungewöhnliche Motto des Jahres lautete „Tageszeiten“. Eigentlich sollten sich alle Tiere der Abmachung entsprechend auf ein Kostüm beschränken, nur ein Tier schien heute besonders wankelmütig und so wurde es von der Kostümpreisjury mit folgender Frage konfrontiert: „Wie kann es sein, dass Ihr plötzlich ein Moonrise-Bison seid, wo Ihr doch eben noch ein ____ ____-____ ____ ____?“

(Repoman – Reh-Po mähen)

Schwierigkeitsstufe IV

71) Skandal! Zwei ehemalige Formel-1-Rennfahrer wurden auf frischer Tat als Kannibalen entlarvt. Ein aufmerksamer Leserreporter beobachtete die beiden Sportikonen, als sie in einem ruhigen Kölner Waldstück einzelne menschliche Körperteile am Lagerfeuer zubereiteten. Als der entsetze Hobby-Journalist zuhause ankam, erzählte er seiner Frau: „Du wirst es nicht glauben, was ich gesehen habe. Der Lauda und der Schumi! Die haben doch tatsächlich …“ Seine Frau konnte mit den Namen leider nichts anfangen und hakte nach: „Wer?“ „Na, du weißt schon. Die Rennfahrer aus dem Fernsehen. Also, pass auf! Ich laufe mit dem Hund rein zufällig an der Lichtung vorbei. Und was sehe ich da? Der Typ mit dem verbrannten Ohr, der schmort n’ Schädel. Und der Kerl mit dem langen ____, ____ ____ ____ ____.“

(Sunset Boulevard – Sunset-Bulle warf)

72) Briefträger Benjamin ist es im Winter leid, alleine am frühen Morgen die Post verteilen zu müssen. Da er Angst im Dunkeln hat, glaubt er sich mit einer Begleitperson sicherer zu fühlen. Da sonst niemand auf der Zentrale ist, fragt er seinen Chef, ob dieser heute mitkommen und ihn auf der Tour begleiten würde. Leider beteuert dieser, sich gestern am Fuß verletzt zu haben und des Laufens nicht fähig zu sein. „Es tut mir leid. Meine Gliedmaßen schmerzen wie Hölle." „Bitte!", fleht Benjamin. „Ich habe Angst im Dunkeln." Nun wird der Chef ungeduldig. Er schildert noch einmal seine Verletzung und fordert seinen treuesten Angestellten entschlossen auf, sich endlich auf den Weg zu machen. „Ich kann Ihnen nicht helfen. Mir schmerzen ____ ____. ____, ____ ____."

(Kindergarten Cop – Kinn, der Gart n, Kopp)

73) Seltsame Geschichte. In Seefahrerkreisen entwickelte sich einst eine Art Fetisch nach Schiffszubehör. So kam es, dass ein Erotikhändler zahlreiche auf die jeweiligen sexuellen Vorlieben angepasste Kuschelgegenstände entwickelte. Wahrlich eine Goldgrube. Als sich nun einige dieser speziellen Maritimfreunde in einem europäischen Datingportal über die verschiedenen Biennalen und lokalen Kunstausstellungen unterhielten, fielen Sätze wie: „Ich stehe total auf Venedig-Kunst und Homo-Masten“ oder „Ich persönlich präferiere Berlin-Retrospektiven und Hetero-Segel.“ Ein anderer wiederum sagte: „Ich mag ____-____ ____ ____-____ ____.“

(Die Zehn Gebote –
die Zehen. Geh, Borsi!)

74) In der Kantine eines großen Boulevardmagazins brodelt mal wieder die Gerüchteküche. Besonders über die Damen aus der Modeabteilung wird allerhand gelästert. Es heißt, dass der Chefredakteur mit einer der dort arbeitenden Damen eine Affäre hätte. Petra und Sybille aus der Adels-Abteilung unterhalten sich während des Essens über die Mutmaßungen und Petra erzählt: „Also, hör zu, Sybille. Der Boss war vorhin nicht im Büro. Dann hab ich im Büro von Dagmar nachgeschaut ...“ „Wer ist denn noch mal Dagmar?“ „Du weißt schon. Die Schickimicki-Tante, die seit neuestem für die Out-Rubrik der Trendseite zuständig ist.“ „Ja, stimmt. Ich erinnere mich. Erzähl weiter, Petra.“ „Na ja, da war er jedenfalls nicht. Also schätze ich, dass er zur Zeit bei der anderen Schachtel ist.“ Daraufhin fragt Sybille in abwertendem Duktus: „Meinst du wirklich, dass er bei der ____-____ ____ ____?!“

(Bernard und Bianca – Bern-Art und Bi-Anker)

75) Ein Edelbordell in Berlin. Zwei Dirnen unterhalten sich über ihre Kundschaft, die zu einem Großteil aus Politikern, Managern, Bankern oder Juristen besteht. Nun berichtet die eine der beiden von zwei Staatsanwälten, die seit langer Zeit zu ihren treuesten Gästen zählen. „Das ist total verrückt. Die beiden sehen fast komplett identisch aus. Wie siamesische Zwillinge." „Und wie unterscheidest du die beiden?", will die Kollegin wissen. „Na ja, sie haben ja meistens ihre Mappen dabei, weil sie von der Arbeit kommen. Und ich hab ja bekanntlich ein Auge für Maßeinheiten. Einer der beiden hat immer Standardmappen dabei. Und der andere hat immer vollkommen ungenormte Dokumentenordner dabei. Weiß auch nicht, wo er die her hat. Jedenfalls braucht der Typ immer ein paar blaue Pillen, um ... Na, du weißt schon. Sein Kollege allerdings braucht keine Erektionshilfe. So merke ich mir das. Ganz einfach. Der Typ mit der ____-____ ____ ____ ____ ____."

(Into the Wild – In-Tuse weilt)

76) Santa Monica, 2002. Nachdem die Zeiten der aufstrebenden Boygroups längst vorbei sind, sitzt die Führungsetage von Universal in einem großen Konferenzsaal und feilt gemeinsam an neuen Bandkonzepten. Über die Züchtung einer pseudoalternativen Garage-Rock-Band und eines modernen Gospelchors ist man sich bereits einig. „Wir brauchen endlich mal ein verruchtes Image. Glaubwürdigkeit ist das Motto. Von der Straße für die Straße!“, schlägt einer der Männer vor und verweist im Zuge seiner Ausführungen auf ein Demotape, das letzte Woche im Studio eingereicht wurde. „Hört euch das mal an. 50 Cent heißt der Kerl. Hab reingehört. Gute Platte. Und der Typ macht was her. Goldketten. Bling Bling! Zuhälterstyle! Wenn wir dem ein paar Kleinganoven zur Seite stellen, haben wir eine richtige Schlepperband.“ „Aber wir brauchen auf jeden Fall Hintergrundtanz. Was für's Auge!“, hakt sein Kollege ein und holt kurz darauf einige junge Tänzer und Tänzerinnen aus dem Warteraum.

Prüfend sieht er sie an und sagt zu seinem Vorgesetzten: „Ich denke, die Zuteilung ist klar. Einzeln zeigt er mit dem Finger auf die einzelnen Personen. Der – Gospelchor. Der – Garageband.“ „Und was ist mit der Dame?“, fragt der Boss und zeigt auf die ganz außen stehende Latinaschönheit. „Na, ist doch klar! ____ – ____-____.“

(Die nackte Kanone -
DIN-Akte kann ohne)

77) Der Kirchenchor ist in der Gemeinde nicht sehr beliebt. Seltsamerweise können die jungen Mädchen allesamt nur in einer einzigen Tonart singen. „Alle völlig untalentiert", erzählt der Rentner vom Nachbargrundstück, der bei den Proben ständig Zeuge des musikalischen Dilemmas wird, seiner Frau: „Und so eingeschränkt. Ich hab da zum Beispiel noch nicht einmal was in C-Dur gehört. Tonales Brachland. Grausam!" Sein Enkel, der die Konversation zufällig belauschte, schlug vor, dass sein Opa doch während der Proben seiner lautstarken Rasenpflege im Vorgarten nachgehen solle. Dann würde man die Musik eventuell nicht mehr hören. Wortwörtlich sagte er in jugendlichem Duktus: „Du könntest doch während der Proben von den ____-____-____ ____ ____."

(Deep Impact – Die – Pimp-Act)

78) Ulkige Geschichte. Drei mollige Getränke sitzen gemeinsam in Rudis Eckkneipe. Aufgrund einer gewissen körperlichen Fülle haben sich die liquiden Genussmittel kesse Spitznamen überlegt. Während einer aufkommenden Diskussion über Datensicherheit beim Online-Banking blicken Plauz'-Prosecco und Ranz'-Raki nun missgünstig auf eine generierbare Zahlenliste ihrer gerstigen Sitznachbarn. Wanst-Wein spricht nun: „Oh! Schau mal da. Die ____ ____ ____-____ ____.“

(Demolition Man - D-Moll-Ischen mähen)

79) Auf seinem Spaziergang durch das Hamburger Schanzenviertel wunderte sich Frührentner Kunibert über die neuen schnelllebigen Ess- und Trinkgewohnheiten. Zeit, um sich gemütlich in ein Café zu setzen, schien niemand zu haben; alle Passanten konsumierten ihre Lebensmittel während des Gehens. Kunibert war von diesem Fortschritt begeistert, hasste er doch nichts so sehr wie Langsamkeit und Zeitverschwendung. Als er schließlich am Marktplatz vorbeikam, erblickte er einen Stand, an dem es nach frisch gemahlenem Kaffee roch. Coffee to go las er auf einem Schild. „Was ist das?“ „Das ist Kaffee zum Mitnehmen. Auf die Hand. Können Sie quasi schlendernd auf der Straße trinken“, antwortete die junge Dame. Da frohlockte Kunibert: „Knorke, Mitnehm-Kaffee-Frau.“ Die Dame wunderte sich über die etwas seltsame Anrede, sagte aber nichts. „Gibt es denn auch heiße Minze für den Nachhausemarsch?“ Die Dame zeigte auf den Nachbarstand, an dem es nach diver-

sen Kräutern roch. Kunibert war erneut außer sich und spazierte sofort hinüber. „Ich hätte gerne eine heiße Minze für den Nachhausemarsch. „Den sollen sie bekommen“, sagte der Verkäufer. Und Kunibert antwortete voller Enthusiasmus: ____ ____, ____-____-____.

(Tanz der Vampire – TANs der Wamp'-Biere)

80) Während eines Trainingsspiels im Wintercamp wurde für die beteiligten Fußballer des Bundesligavereins ein Sonderpreis ausgelobt. So sollte der Spieler, der während des Matches am längsten ohne Fouls auskommen würde, am Ende eine goldene Rolex bekommen. Ziel dieser Maßnahme war es, die Spieler durch kleine Belohnungen auf sportliches Verhalten zu konditionieren. Da die Mannschaft in der ersten Saisonhälfte mit zahlreichen roten Karten und Spielersperrungen zu kämpfen hatte, wusste der Trainer sich nicht mehr anders zu helfen und schrieb sich diese kostenintensive Maßnahme auf seinen eigenen Deckel. Am Ende waren es die beiden Torhüter, die sich 90 Minuten lang sportlich und anständig verhalten hatten. Beide bestanden nun auf das luxuriöse Zeitmessgerät. Da der Trainer allerdings lediglich eine Rolex besorgt hatte, kam es, dass sich die beiden ehrenhaften Keeper ____ ____-____ ____ ____."

(Der bewegte Mann –
Derbe, Weg-Tee-Mann)

81) London, 1860. Der viktorianische Jahrmarkt ist seit neuestem um eine Attraktion reicher. Ein zwergwüchsiger Befreiungskünstler wird in eine Art Schatzkiste gesteckt, diese wird dann gründlich verschlossen und zudem mit Seilen umwickelt. Dann muss der gelenkige Akrobat sich innerhalb von fünf Minuten befreien. Sollte er es nicht schaffen, würde er mit zehn Peitschenhieben bestraft werden. Gaffend stehen die Besucher um die kleine Bühne herum und bestaunen das Dargebotene. Plötzlich tauchen einige Prostituierte auf, die sich unter das Volk mischen wollen, um ein paar neue Kunden zu locken. „Wer ist denn er?“, will eine der Liebesdamen wissen, als sie den Zwergwüchsigen erblickt, der just in diesem Moment aus der Kiste krabbelt. Ein verärgerter Voyeur sieht die Dame zornig an und spricht: „Was fragen Sie denn, Bitch!? Das sehen Sie doch. Lesen Sie keine Zeitung? Das ist der weltberühmte ____-____, ____.“

(Die Verurteilten – Die Fair-Uhr teilten)

82) Die beiden schweigsamen Mädchen Elfriede und Beate beauftragten ihre norddeutschen Großeltern, kurze Antwortwörter aus Wolle herzustellen. Dies sollte die notwendige Kommunikation zukünftig noch mehr reduzieren. Als die beiden Enkelinnen sich unterhielten, sprach die eine: „Meine Großmutter webt das Wort ‚Ja' für mich. Und deine?" „Na ja, ____ ____ ____."

(Truman Show – Truh'-Mensch, Hoe)

83) „Because when the sun shines, we'll shine together, told you I'll be here forever …“, tönte es durch die Konzerthalle. Die Sängerin war voll in ihrem Element, als sie die Zugabe sang. Am Fanartikelstand war bereits die Hölle los. Die männlichen Zuschauer erfreuten sich vor allem der kleinen Ansteckadeln, auf denen der Allerwerteste der Starsängerin abgebildet war. Shirts und Poster wollte niemand kaufen, alle schienen die talentierte Musikerin nur auf ihr knackiges Hinterteil zu reduzieren. Als der Verkäufer merkte, dass die Anstecker aufgrund des großen Ansturms zur Neige gingen, sagte er zu seinem Kollegen: „Geh besser mal zum Lieferwagen. Wir brauchen ____ ____-____-____.“

(District Nine – die strickt ‚Nein.')

84) Im Atlantischen Ozean war mal wieder Karnevalssaison und die kleinen Meeresbewohner freuten sich schon seit Tagen auf die tollen Kostüme. Cowboys, Indianer, Piraten, Prinzessinnen ... Wieder sollten sich die Kinder vor lauter Auswahl kaum entscheiden können. Die Mutter von zwei Knorpelfischgeschwistern, die als begeisterte Marxistin ihre Kinder mit den bedeutsamen Namen von zwei Revolutionsführern versah, schlug ihren Sprösslingen vor, sich doch dieses Jahr als 80er-Jahre-Filmheld zu verkleiden. Und obwohl die beiden zu den Figuren kaum Bezug hatten, waren sie von der Idee sofort begeistert. Als die kleinen Racker am nächsten Morgen im Fischkindergarten eintrafen, verkörperte der Raubfisch Che den haarigen Chewbacca und der ____ ____ ____ ____ ____.

(Mary Poppins – mehr Ri-Po-Pins)

85) Der junge Nachwuchsautor ist stolz wie Oskar. Erst vor kurzem hat er zwei wunderschöne Kinderkurzgeschichten geschrieben. Handschriftlich. Mit Feder und Tinte, so wie der Großvater es ihn einst lehrte. Nun überlegt er, die Haptik beider Papiere zusätzlich zu verschönern und ihnen einen gewissen Antik-Look zu verpassen. Wenn schon, denn schon! Aber wie? Sein Schriftstellerkollege Joachim erzählte ihm daraufhin, dass in der Nachbarstadt zwei ehemalige Kampfsportler ein Geschäft für Retro-Gestaltung eröffnet hätten. „Klingt komisch. Erst waren sie Kampfsportler, dann haben sie jahrelang im Pornobusiness gearbeitet und jetzt das ...“, sagte der Freund. „Aber kannst du ja mal ausprobieren ...“ Einen Tag später treffen sich die beiden Autoren erneut. „Und? Hast du die Gestaltung bei unseren beiden Porno-Fight-Künstlern in Auftrag gegeben?“, witzelt Joachim. „Ja. Vorhin erst. Schätze, sie sind genau in diesem Moment am Werk. Hab den beiden Herrn

jeweils eine Geschichte gegeben, um zu sehen, wer seine Sache besser macht. Die Futuristische kräuselt der Bums-Balboa und ____ ____ ____ ____ ____ ____ ____ ____ ____-____.“

(High Fidelity – Hai Fidel E.T.)

86) Nachdem sie mit einem spektakulären Coup die Staatsbank überfallen haben und eine Menge Bargeld einsacken konnten, versucht eine Räuberbande nun durch die städtische Kanalisation zu flüchten. Um sich in den wirren Gängen und den dunklen Katakomben zurechtzufinden, haben die vorausschauenden Trickbetrüger zuvor eine simple Kartographie auf ein Stofftuch gezeichnet. Doch während sie so durch die Gänge irren, bleibt einer der Ganoven an einem Stahlrohr hängen und das Tuch reißt entzwei. „Kann das mal einer reparieren?“, will der Anführer wissen. „Glaubst du ernsthaft, wir hätten für einen Bankraub Nadel und Faden mitgenommen?“ „Dann nicht, ihr Deppen.“ „Kannst du nicht versuchen, dich zu erinnern?“, rufen die beiden anderen. „Du bist doch sonst so schlau. Hast du den Aufbau der Kanalisation nicht ohnehin längst kapiert?“ „Schweigt, ihr Narren“, brüllt der Chef der Bande nun

wütend. „Ich würde das Tunnelsystem, wenn einer von euch Deppen mal den ____ ____, ____ ____ ____.“

(Die fabelhafte Welt der Amélie – die Fabelhafte wellt der Rammel-Lee)

87) In den späten 90ern war die deutsche Hip-Hop-Szene bekannt dafür, dass die einzelnen Rapper, auch wenn sie aus verschiedenen Städten kamen, zusammenhielten und sich nach außen hin als geschlossene Gemeinschaft verkauften. Eines Tages trafen sich einige Rapper in der Mitte des Landes zwecks Jahresbesprechung zum gemeinsamen Kochen. „Die Sauce ist fertig, Afrob“, schallte es durch die Großküche. „Super. Der Reis ist ebenfalls schon gekocht, Curse.“ Die beiden Conscious-Rapper waren voll in ihrem Element. „Wisst ihr, wer sich um die Hähnchenbrust kümmert?“, wollte Max Herre wissen. Afrob und Curse zeigten mit dem Finger auf ihren Hamburger Ulk-Kollegen am Herd und Afrob sprach: „Ich bin mir ziemlich sicher, dass ____ ____ ____.“

(Planet der Affen – Plan näht, eher raffen)

88) Die beiden Chefs einer Bookingagentur unterhielten sich über potentielle neue Aufträge für ihre Solomusikerinnen Nina, Heike und Jana. Die drei Coversängerinnen waren auf verschiedene Musikstile spezialisiert – Schlager, Rap und Alternative Rock. Die Agentur war also eigentlich bestens aufgestellt. Leider war eine der drei aufgrund einer Kehlkopfentzündung außer Gefecht gesetzt und so fiel während des Gesprächs der Satz: „Das Chanson-Girl und die Hip-Hop-Braut kannst du voll auslasten, aber momentan wäre es gut, wenn du die ____ ____-____ ____ ____."

(Bodyguard – Bo die gart)

89) Konrad und Wilhelm hatten ein obskures Hobby. Die Häuser der beiden Männer waren von einem großen Teich getrennt und einmal die Woche paddelten sie mit ihren Booten in die Mitte des Gewässers, um sich zu duellieren. Ziel war es, mittels heftiger Stoßbewegungen des Bugs das Boot des anderen zum Kentern zu bringen. Wahrlich ein großer Spaß für das Kind im Manne. Als die beiden alleinstehenden Männer sich nach einem brisanten Duell in der Kneipe auf ein Versöhnungsbierchen trafen, kam auch das Thema Bootreinigung zur Sprache. „Sag mal“, wollte Konrad wissen, „ich verwende immer Scheuermilch für die Außenpflege meines Stoß-Kahns. Aber das Holz leidet langsam darunter. Wie machst du das denn eigentlich?“ Wilhelm verwies auf sein bewährtes Tuben-Handwaschmittel und sagte: „Klingt bescheuert, aber ich nutze für mein ____-____ ____.“

(Indiana Jones – Indie-Jana schons,)

90) Eine amerikanisch-deutsche Köter-Bande hat ein Problem. Sie haben den Eingang zu einer Futterfabrik gefunden, aber sie kommen nicht durch den separaten Hundeeingang, da dieser nicht nur sehr schmal ist, sondern zudem aus einer massiven Stahl-Flügeltür besteht. Gott sei Dank ist eine zufällig anwesende indische Gottheit recht gut mit den Hunden befreundet und so bitten die Vierbeiner diese um Hilfe. Da die Gottheit in der Lage dazu ist, ihre Form zu verändern, und zwischen den Gitterstäben der Tür hindurchschlüpfen kann, feuern die Hunde sie frenetisch an: „Run einfach through the ____-____, ____ ____, ____!“

(Rambo III – Ramm-Boot Rei)

91) In der Mittelalterausstellung des städtischen Kunstmuseums wird eine besondere Attraktion ausgestellt. Wichtige Mitglieder bekannter mittelalterlicher Adelsgeschlechter wurden von einem Modellbauer in Form von Wachsfiguren originalgetreu nachgebildet. Ein geschichtsinteressiertes Pärchen aus Bayern bewundert nun die Ausstellung und wandert staunend von Figur zu Figur. Es werden Ausrufe laut wie zum Beispiel: „Ah! Genial's d'Hohenzollern." Weiterhin vernimmt man: „Wow, super's d'Staufer." Besonders aber hat eine dritte Statue es den beiden angetan. Fasziniert vom Aussehen des Adligen frohlocken sie: „____! ____ ____."

(Doctor Schiwago – Dog-Tor, Shiva, go!)

92) Eine Hausgemeinschaft plante die Sanierung der Außenfassade ihres Hauses. Da das Gebäude sehr aufwendig und architektonisch verspielt gestaltet wurde, war das Abschmirgeln der Außenwände gar nicht so einfach. Zudem gibt es eine Art Erweiterung der Wohnungen im ersten und zweiten Stock, welche von außen als charakteristische Hervorhebungen wahrgenommen werden. Diese sich deutlich von den Wänden abhebenden kleinen Anbauten an den Ecken des Hauses haben meist große Fenster und sind oftmals sehr schwierig zu schmirgeln. Übrigens wurden aus unerfindlichen Gründen vor vielen Jahren Gefängnisausreißer dort versteckt, weshalb die Gebäudeteile eine entsprechende Bezeichnung bekommen haben. Aber das nur am Rande. Zwei Hobbyhandwerker versuchen sich nun von außen am Abschleifen dieser Wände. Da einer der beiden allerdings sein Schmirgelpapier im Auto vergaß, scheuerte er mit der bloßen Hand die Wand entlang. Als die beiden fleißigen Herren sich beim

Feierabendbierchen unterhielten, resümierte der eine: „An de' Tür schliff ick'." Daraufhin fragte er seinen Kollegen, was er denn nun ohne sein geliebtes Utensil gemacht hätte, und dieser antwortete wahrheitsgemäß: „Am ____-____ ____ ____ ____."

(Ocean's Twelve – Oh! Scheen's d'Welt)

93) Breaking News aus dem Gehölz. Ein gescheckter Waldbewohner hat leider das Pech gehabt, brutalen Tierquälern in die Hände gefallen zu sein. Wir schalten live in den Wald. Die garstigen Männer werfen das Wesen bei lebendigem Leib just in diesem Moment in kochendes Wasser. Allerdings gewähren sie dem Tier noch einen letzten Wunsch. Das mittlerweile schon im Kochtopf hängende Tier überlegt nicht lange. Da es schon als Kitz einen Schauspieler des A-Teams als Plastikfigur haben wollte, kommt es nun, dass das ____ ____ ____ ____ ____.

(Fluch der Karibik – Flucht-Erker rief ich.)

94) Im Mittelalter lebte einst ein Dienstmädchen, das dafür bekannt war, sich häufig ungeschickt anzustellen. Weil es nach der Rüge ihres Herrn oft bedröppelt in der Ecke stand, bekam es einen bis heute bekannten Namen. Eines Tages sollte dieses unglückliche Mädchen für ihren Herrn die geflügelte Eingangstür des Anwesens streichen. Da sie keine Farbe finden konnte und zufällig gerade eine Gruppe Ritter mit Baumaterial vorbeikam, borgte sie sich die zähflüssige Masse aus und strich damit die eiserne Eingangstür. Wenig später trat ihr Herr auf den Plan und war zunächst außer sich vor Wut. Als er sich jedoch irgendwann abreagiert hatte, fand er zunehmend Gefallen an dem Werk seines Hausmädchens. „Welch' ein Meisterwerk!", posaunte er in den Himmel. Zu Ehren der Künstlerin gab er der Tür einen entsprechenden Namen. Fortan passierten Gäste also das ____-____ ____-____.

(Resident Evil – Reh siedend T will)

95) Ein verzweifelter Mann sitzt bei seinem Psychologen und erzählt ihm von seinen jüngsten Träumen. Immer wieder, so erzählt er, scheint er auf einem unsichtbaren Schimmel zu sitzen und durch die Wälder zu reiten. Alles fühle sich dabei so unwirklich an. „Ja, das kenne ich“, sagt der Psychologe. „Ein bekanntes Phänomen. Hat viel mit Kontrollverlust zu tun. Man spricht hier vom sogenannten ____-____.“

(Terminator – Teer-Minna-Tor)

Schwierigkeitsstufe V

96) Zwei Putzfrauen trafen sich in einer amerikanischen Villengegend und unterhielten sich über ihren Arbeitstag. In der Siedlung lebten fast ausschließlich Musiker, Filmschauspieler und namenhafte Regisseure. Die Anwohner waren dementsprechend wohlhabend und legten großen Wert auf Stil und Ordnung. „Erst war ich bei Madonna im Badezimmer. Da war ja noch alles picobello“, erzählte die junge Frau. „Aber dann bin ich zu ihrer Nachbarin. Diese andere Diva. Und da sah es aus! Ein riesiger Sprung in der Keramik. Eine gigantische Furche. Einmal quer durch den Raum. Da muss mal dringend der Fliesenleger kommen.“ „Hehe!“, sprach ihre Kollegin. Sie schien zu ahnen, um was es geht. Da war ich auch letztens. Glaube, das hat sich mittlerweile schon rumgesprochen. Bin mir fast sicher, dass du ____ ____- ____ ____.“

(Trug-Riff – True Grit)

97) In der Zauberschule Hogwarts hatte die Hellseherin eine seltsame Angewohnheit. Zum Sortieren und Vermengen ihrer Tarotkarten musste sie sich immer in den angrenzenden Fluss setzen. Die Strömung des Wassers hätte einen positiven Einfluss auf die Zukunft, so behauptete sie stets. Eines Abends kehrte die spleenige Seherin enttäuscht ins Schloss zurück. „Alles schmutzig", schimpfte sie lautstark. „Das Wasser ist katastrophal. Eine einzige trübe Plörre." Der Hausmeister von Hogwarts nutzte die Gunst der Stunde und gab ihr einen Ratschlag. Wollte er die schrullige Alte doch ohnehin loswerden, erzählte er ihr, dass das Wasser in Italien viel sauberer sei. „Die schottischen Flüsse können Sie abhaken. Fliegen Sie lieber nach Italien. Ich glaube, es wäre am besten, Sie ____ ____ ____ ____, ____ ____."

(Dangerous Minds – den Cher-Kiss meins.)

98) Die Mutter eines hochbegabten Jungen ist regelrecht verzweifelt und heult sich nun bei ihrem Mann aus. Spielte ihr Sohn noch einst Klavier wie ein junger Gott, steht seine große Zukunft als Piano-Virtuose nun auf der Kippe. Zunehmend hat der Junge das Musizieren vernachlässigt und seine Freizeit normalen profanen Hobbys gewidmet. Seit zwei Jahren besucht er ständig Rockkonzerte, und als wäre das nicht schlimm genug, sammelt er wie ein Verrückter Fanartikel und kauft auf den Gigs sämtliche Platten, Shirts, Poster und Aufkleber der Bands. „Das Sammeln dieser Fanartikel ist ja mittlerweile zu einem regelrechten Wahn geworden. Er hat sogar Excel-Tabellen, mit denen er das Zeug inventiert", jammert die Mutter und fängt an zu weinen. „Und wir dachten, er wird der neue Beethoven." „Beruhige dich doch", sprach der Vater. „Ich werde ihm das Sammeln dieser bescheuerten Produkte einfach verbieten. Es ist ja noch nicht alles verloren. Vielleicht erntet der Junge, wenn ich ____ ____ ____ ____, ____."

(Mission Impossible –
mischen im Po, Sybill)

99) „Ich hatte einen völlig abgedrehten Traum“, erzählt der sportbegeisterte Konrad seinem Seelenklempner. „Ich hab Ihnen ja bereits erzählt, dass ich mich hin und wieder in irgendwelche Sportgeräte oder Accessoires transformiere. Schön und gut. Aber jetzt passen Sie auf! Als ich neulich leicht angetrunken vom Kneipenbillard heimkam, habe ich mich nachts im Traum doch tatsächlich in so einen verdammten Holzstab verwandelt. Und als wäre das nicht schon genug. Nein! Plötzlich kommt ein bekannter Fußballtrainer mitsamt seiner Ehefrau in meinen Hobbykeller und dann erzählt die Dame mir, dass ihr Mann schwanger und die Geburt bereits mehrere Tage überfällig sei. Was ja schon rein biologisch nicht geht, aber ... Na ja, eine Wahrsagerin hätte ihr jedenfalls erzählt, ich könne in meiner Rolle als Holzstab und durch entsprechende zustimmende Gestik meinerseits seine Schwangerschaft beeinflussen und die Geburt seines Kindes beschleunigen. Ist das nicht krank? Seine

Frau meinte ausdrücklich, man hätte ihr zugesichert, es bekäme, wenn ich als ____ ____, ____ ____ ____."

(Emergency Room –
ihm Merch entzieh', Ruhm)

100) Die beiden Informatikstudenten Stefan und Jochen unterhalten sich bei einem gemeinsamen Joint über ihre sexuellen Erfahrungen. Nach langem Schweigen und der damit verbundenen Peinlichkeit kommt heraus, dass die beiden bisweilen über Knutschen und Petting nicht hinausgekommen waren, sie also noch nie mit einer Frau geschlafen hatten. „Bis jetzt wollten die Mädels einfach nicht“, sagte Stefan. „Ja, bei mir auch“, pflichtete Jochen ihm bei. „Aber darf ich dir was anvertrauen? Heike, die Freundin von meinem Vater, wollte mich mal verführen. Kam einfach nachts in mein Zimmer. Sie war so voller Begierde. Aber ich konnte der Wollust-Heike gerade noch so widerstehen.“ „Das ist ja witzig“, sagte Stefan. „Die Partnerin von meinem Vater ist ebenfalls nymphoman. Hat’s schon mehrmals versucht bei mir. Ihr Instinkt scheint sie unkontrolliert zu steuern. Bisweilen konnte ich mich zurückhalten, aber wenn ich bis Neujahr noch immer Jungfrau bin, glaube ich, dass ich einfach ____ ____-____ ____ ____ ____ ____.“

(König der Löwen –
Queue nick, der Löw Mehen)

101) Aufgrund der zunehmenden persönlichen Bindung beschloss Kleinbauer Erwin, seinen Tieren doch endlich Namen zu geben. Als passionierter Freund diverser Heißgetränke wählte er Namen wie „Katze Coffee“ oder „Schweinchen Hot Chocolat“. Heute Morgen wollte Erwin im Stall einige Bilder aufhängen – war er doch überzeugt, dass der Anblick musischer Künste die Tiere ein wenig glücklicher machen würde. Doch während er die Löcher anfertigte, starrte die Kuh „Cappuccino“ mit einem seltsamen Blick in seine Richtung. Eine Mischung aus Enttäuschung und Wut schien ihrem Gemüt innezuwohnen. „Was ist denn mit der los?“, wollte der kleine Erpel vom Bauern wissen. „Ach, keine Ahnung, mein geflügelter Freund. Die Kuh war schon immer etwas egoistisch. Manchmal plagt sie Reit-Eifersucht, dann wieder Streichel-Argwohn. Ich schätze, heute hat sie ____-____, ____ ____-____.“

(Die Tribute von Panem – die Trieb-Ute von Pa nehm.)

102) Drei bekannte Bands haben eine Skatrunde eröffnet und spielen dabei jeweils als Team. Zudem haben sie sich eine abgewandelte Form des Spiels ausgedacht, bei der bestimmte Karten verschiedene Handlungen erfordern. Im Zuge dieser Neuerungen gehen regelmäßig seltsame, häufig sogar lebendige Einsätze über den Tisch. Die Mitglieder der Spice Girls sind ebenfalls Teil des Wetteinsatzes. Spielt also zum Beispiel einer der Spieler eine Dame, gibt er der Band Nickelback Emma. Legt ein anderer Zocker einen Buben, überträgt er Coldplay Victoria. Legt aber einer der Spieler einen ____ ____, ____ ____ ____ ____.

(Bourne Identity - Bohr-Neid, Ente-Tea)

103) Das glaubt einem ja niemand! Nachdem ein ehemaliger katholischer Pastor nach Tibet auswanderte, erfand er eine neue Religion für besonders haarige Männer. Namensgebend für diese spezielle buddhistische Ausrichtung war die Tatsache, dass einer Figur aus dem 1. Buch Mose sehr viele schwarze Stoppeln aus den Lauschern ragten. Man spricht bei dieser neuen Religion deswegen vom sogenannten ____-____-____-____."

(Königreich der Himmel – König, reicht er Him Mel)

104) Die Gründer bekannter Saucenfirmen nehmen an einem Benefiz-Fußballspiel teil, bei dem es einige Sonderheiten gibt. Wenn es einem bestimmten Spieler gelingt, den anderen spontan Angst zu machen, schwingen diese sich zu Höchstleistungen auf. Wenn dies allerdings misslingt, wird das Spiel zunehmend langweiliger. Man kann also sagen: Jagt der Spieler erfolglos Angst ein – Heinz verliert den Ball. Versetzt er auf wenig durchschlagende Art in Aufruhr – Thomy stoppt den Ball nicht. Allerdings gilt natürlich auch die positive Variante. Der Torwart, seines Zeichens Senfhersteller, profitiert in diesem Falle besonders. So läuft bei positiver Angst-Einjagung der Torhüter zu Höchstleistungen auf. Es heißt also über den verantwortlichen Angst-Einflößer: ____ ____ ____ – ____ ____ ____.

(Keinohrhasen – Kain-Ohr-Haar-Zen)

105) Zwei Metzger unterhalten sich im Rahmen der angrenzenden Körperwelten-ausstellung über ihre Auslageware. Einer der beiden hat es sich jüngst zur Aufgabe gemacht, mit Pressfleisch Sinnesorgane nachzuformen – ein wahrer Kassenschlager, was bei dem anderen Metzger folglich für Missgunst sorgte. Dieser sagte dann: „Bei der Meat-Nase und dem Hack-Auge war ich ja noch wohlgesonnen, aber eins gebe ich zu: Ich betrachte ihr ____-____ ____ ____."

(Shrek – der tollkühne Held – schreckt er toll – Kühne hält)

106) Ein sehr müder Restauranttester sitzt im asiatischen Restaurant Bangkok und testet eine neue kulinarische Feinheit. Das Rezept basiert darauf, dass durch Hefe und Alkohol ein Prozess im Essen in Gang gesetzt wird, der den Geschmack intensivieren soll. Nach den ersten Bissen gelangt allerdings der Gourmet zu einem ganz anderen Ergebnis. Sein Schlafverlangen kaum unterdrückend, flucht er über das Essen und sagt, gefolgt von einem die Müdigkeit ausdrückenden Geräusch: „Also für mich ist das sonst so leckere ____ ____ ____ ____. ____!“

(Before Midnight – Beef-Ohr mit Neid)

107) Der Bauer ist verwirrt. Den Frühstückseiern wachsen doch tatsächlich seit Neuestem Haare auf der Schale. Das Problem ist, dass diese nur mit einer Sense entfernt werden können. Nun hat ein Mann, der sich auf das Füttern von Hühnern spezialisiert hat, es geschafft, die Schalenerzeugnisse zudem auch immer größer werden zu lassen. Das Entfernen der Haare stellt sich zudem in gekochtem Zustand als schwierig heraus, sodass der Bauer auf eine Idee kommt. Er spricht mit dem riesigen ovalen Hühnererzeugnis in poetischer Weise, um es zusätzlich zu beschwören und fragt im exakten Wortlaut: „Ob die Haare wohl von dir weichen, wenn ich dich ____ ____, ____ ____-____!?“

(Tiger and Dragon – Thai gärend Dreck. Gähn!)

108) Im mannigfaltigen Reich der Vögel ist mal wieder Führerscheinprüfung. Der zuständige Prüfer unterhält sich mit dem Fahrlehrer über seine jeweiligen Erwartungshaltungen. So fallen Sätze wie „Der Truthahn – wie wird er bloß parken?“ „Die Amsel – wird sie wohl rechtzeitig blinken?“ Als das mit einem besonders pittoresken Federkleid ausgestattete Vogelwesen zu einem zünftigen U-Turn ansetzt, spricht der Fahrlehrer: „Oh, jetzt wird's spannend. Der ____, ____ ____ ____ ____?“

(Romeo Must Die – rop mäh', op Mast-Ei!?)

109) Eine amerikanische Bookingagentur ermittelt die Tourneeschauplätze ihrer großen Musikstars anhand eines sonderbaren Verfahrens. Vor dem Großraumbüro befindet sich eine kleine Wiese, auf der eine einsame Kuh ihr Dasein fristet. Anhand ihrer natürlichen Bewegungen wird per Zufallsprinzip die jeweilige Konzertstadt ermittelt. Als der berühmte Sänger der Agentur einen Besuch abstattet, fallen Sätze wie: „Die Kuh weidet. Spiel in New York!“ Oder: „Das Tier schläft. Performe in San Francisco!“ Als der gefleckte Vierbeiner plötzlich zu einem kleinen Sprint ansetzt, spricht der Booker: „Das ____ ____ ____. ____ ____ ____ ____ ____.“

(V wie Vendetta – Pfau, wie wendet er?)

110) März, 1996. Aufgrund zunehmend kaufschwacher Kundschaft kam ein Bildhauer im Rahmen eines Formel-1-Rennens auf die Idee, einzelne seiner Werke auszuborgen, anstatt sie zu verkaufen. Speziell für das am Wochenende anstehende Rennen hat er zu jedem Fahrer eine Gipsbüste angefertigt. Drei junge Formel-1-Fans waren nun sofort Feuer und Flamme, als sie die Skulpturen im Atelier erblickten, und erwarben umgehend drei Kunstwerke für eine Dauer von einigen Tagen. Als sie am Abend beisammensaßen, kam ein Freund vorbei und erblickte die Rennfahrer-Büsten. „Wo habt ihr die denn her?" „Haben wir uns ausgeborgen." Interessiert musterte der Freund nun die einzelnen Objekte und versuchte sie den Besitzern zuzuordnen. „Sauber! Der Schädel von Schumi. Von wem ist der denn? Und da! Wunderschön, das Haupt von Frentzen. Wer von euch borgte sich diese Büste denn aus?" Dann blickte er auf die letzte Skulptur und war plötzlich schockiert. Als Pat-

riot und England-Hasser war er regelrecht angewidert und motzte: „____! ____ ____ ____ ____?“

(Fear and Loathing in Las Vegas –
Vieh rennt los. Sing in Las Vegas)

111) Zwei russische Eisenbahnbegeisterte wohnen in einer WG. Bereits die Spitznamen der beiden lassen ihren Hang zu den Geräuschen der Lokomotiven dieser Welt erahnen. Beide vereint seit Neuestem ein interessantes Hobby. Sie basteln aus alten Miniaturgleisen große Vokale nach und schenken sich die Buchstaben dann gegenseitig. So kommt es vor, dass der eine von beiden, der zudem stets viel zu essen pflegt, seinem Freund Tut-Boris zwei As schenkt. Dieser ist dann so begeistert, dass er spontan auf sein Abendessen verzichtet und nur noch an neuen Vokalen für seinen Freund bastelt. Da Tut-Boris lange Zeit in Köln gelebt hat, sagt er, grammatisch zwar leicht hinkend, jedoch mit einem Rest des vertrauten Dialektes: „Ming Freund tut mir mampfend Os. Und ich ___ ___ ___ ___-___ ___ ___."

(Beverly Hills Cop –
Bäbi wer lieb Hills Kobbs?)

(Too fast and too furious –
tu fastend Tuff-Juri Us)

Tipp vom Ratefuchs: Hier findest du die Erscheinungsjahre der Filme und Serien, die in diesem Rätselbuch gesucht werden.

1.	1978
2.	1952
3.	1995
4.	1992
5.	1931
6.	1963
7.	1980
8.	1976
9.	2006
10.	2009
11.	1999
12.	1998
13.	1999
14.	1997
15.	1995
16.	1966
17.	2003
18.	1978
19.	1977
20.	1988
21.	1959
22.	2006
23.	2001
24.	1978
25.	1997
26.	2001
27.	1960
28.	2008
29.	2009
30.	1988
31.	2009
32.	1993
33.	2007
34.	1927
35.	1997
36.	1999
37.	1997
38.	2000
39.	1982
40.	2007
41.	2001
42.	1974
43.	2003
44.	1981
45.	1999
46.	2010
47.	2002
48.	1967
49.	1995
50.	2008
51.	1990
52.	1994

53. 2004
54. 1986
55. 1987
56. 1998
57. 1993
58. 1959
59. 2006
60. 2002
61. 1995
62. 2007
63. 1954
64. 1999
65. 1960
66. 1984
67. 2001
68. 2005
69. 1984
70. 1950
71. 1990
72. 1956
73. 1977
74. 2007
75. 1988
76. 1998
77. 1993
78. 1967
79. 1994
80. 1994
81. 1998
82. 2009
83. 1964
84. 2000
85. 2001
86. 1968
87. 1992
88. 1981
89. 1988
90. 1965
91. 2004
92. 2003
93. 2002
94. 1984
95. 2010
96. 1995
97. 1996
98. 1994
99. 1994
100. 2012
101. 2002
102. 2005
103. 2007
104. 2001
105. 2013
106. 2000
107. 2000
108. 2006
109. 1998
110. 1984
111. 2003

Bei Lektora erschienen

Patrick Salmen & Quichotte

Du kannst alles schaffen, wovon du träumst.
Es sei denn, es ist zu schwierig.

Die bekannten Slam-Poeten Patrick Salmen und Quichotte laden ein zu 111 absurden literarischen Rätselgeschichten. Immer getreu dem Motto „Einfach zu lernen, schwer zu meistern" ist jedes Rätsel eine eigene kleine Herausforderung.

Zum Prinzip dieses Spiels: Die Leerstellen in den Geschichten dieses Buches gilt es, sinngetreu durch einen geografischen Begriff auszufüllen.

„Hast du mal eine ruhige Minute?", fragt die Katze den Hund, der just in diesem Moment am Gartentor dem Postboten auflauerte.
„Nein", erwiderte dieser, „ich __ __."

(2 Silben) Antwort:
Bel-grad – bell grad.

ISBN: 978-3-95461-014-3
9,90 EUR